訳あり
シェア
ハウス
JN147831

訳ありシェアハウス

茜花らら
ILLUSTRATION：周防佑未

訳ありシェアハウス

LYNX ROMANCE

CONTENTS

訳ありシェアハウス

ある日家に帰ると、そこは空き部屋になっていた。


「大家さん！　あの、これはいったいどういうことですか⁉」

アルバイトを終えて帰宅したのが午後十時。

血相を変えた夏月がマンションの一階に住んでいる大家の部屋のドアを叩くと、すでにネグリジェ姿になった老婆が迷惑そうに顔を出した。

「僕んち、何もなくなってるんですけど！」

いつもの通り部屋の鍵を差して、既に開錠していたことには特に違和感を覚えなかった。

夏月はもう二年ほどルームシェアをしていたし、今日は珍しく同居人の長谷川が帰ってきているんだなと思ってうれしい気持ちさえあった。

——しかし開いた扉の中の部屋はがらんどうだった。

冷蔵庫もテーブルもベッドも本棚も調理器具もタオルの一枚もない。

慌てて廊下に飛び出して、階数と部屋番号を十回ほど確認した。

間違いなく、そこは夏月が二年間暮らした我が家だった。

「あー……、森本さんの私物は、ほら、そこに」

眠たげな顔をした大家が面倒くさそうに指を差した先に、段ボールが四箱積まれている。夏月はそれを振り返って、たっぷり三十秒ほど眺めた。

意味がわからない。

「いえ、あの、だから」

どうして自分の荷物が部屋から運び出されているのか。それを知りたい。

大家に視線を戻すと、齢八十は超えようかという老婆のほうも、何が理解できないのか理解できないというような不可解な表情を浮かべていた。

「今日が明け渡し日だって先週から通知してたでしょう？」

「あけ、……っ」

通知なんて知らない。

ともすればすぐにでも扉を閉めてしまいそうな大家の皺くちゃの顔を見下ろして、夏月は馬鹿みたいに口を開けたまま言葉を失った。

大家も何も言わない。

夏月は恐る恐る背後の廊下に積まれた段ボールをもう一度振り返った。

「――……長谷川の、荷物、は」

そうだ。

夏月よりも荷物の多い同居人、長谷川の荷物がない。

大家の部屋の扉を押さえた手が冷たく汗ばんでくるのを感じた。

「長谷川さんならとっくに出て行きましたよ」

ドッ、と心臓が跳ねる。

うるさいくらい鳴り響く心音を振り払うように、夏月は声を絞り出した。

「あ、明け渡しっていったいどういうことですか⁉　僕たちがいったい何をしたって——」

「半年分の家賃と、建物明渡執行費用二十万。森本さんが払ってくれるんですよね？」

白いものの混じった眉毛(まゆげ)の下で、大家の眼光が鋭くなった。

それに気圧(けお)されるようにして夏月が思わず扉から手を離すと、大家はほっと息を吐いてドアノブを内側に引く。

「段ボール、早いところ持ってってくださいね。中に請求書、入ってますから」

最後に残されたのは、扉の隙間(すきま)から聞こえた欠伸(あくび)まじりの大家の声だけだった。

◆1

「いらっしゃいませ、おはようございます」

カウンターの声で夏月ははっと我に返った。

知らずのうちにぼんやりしてしまっていたようだ。

原因はわかっている。寝不足だ。

今日、夏月と一緒にレジに立っているのは新人アルバイトの女の子だ。朝のカフェバイトを始めてもう一年以上になる夏月は彼女の指導係を務めているはずなのに、こんなことじゃいけない。

「おはようございます」

夏月は小さく頭を振って蓄積された疲労を追い払うと、カウンターで出せるドリンクを用意しながら笑顔を浮かべた。

半年の家賃滞納を理由にマンションを追い出されて、もう十日になろうとしている。

あの晩は呆然（ぼうぜん）として何もできなかったが、翌朝改めて大家を訪ねて事情を聞いたところによると、家賃が支払われなかった半年間催促は続けていたしこのままでは強制的に退去してもらうことになるという通知も一週間前からされていたらしい。

すべて、同居人だった長谷川は知っていたことなのだそうだ。

夏月は知らなかったのだと言い募ると、大家は同情するように眉を顰（ひそ）めたものの「もう次の入居者が決まっているから」と言い捨てた。

大家だってボランティアで部屋を貸しているわけじゃない。

半年間分の家賃収入がなければ次の入居者が欲しいのは当然のことだ。

夏月はどんな顔を浮かべていいものかわからないまま、二年間お世話になりましたと頭を下げて引き返すしかなかった。

段ボール四つ分の荷物は大学のサークル部屋に置かせてもらっている。

寝起きは、漫画喫茶だ。

毎日長谷川に連絡を試みているけれど、応答はない。

最初の二日間は呼び出し音が鳴っていた携帯電話も三日目から無機質なアナウンスが返ってくるだけになった。

長谷川とは、大学に進学して初めてのアルバイト先で知り合った。

東北から上京してきたというノリのいい長谷川とすぐに意気投合して、三日と空けず一緒に食事をするくらい仲良くなるのに時間はかからなかった。

長谷川が当時同棲(どうせい)していた彼女と別れて引っ越さざるを得なくなった時、ルームシェアを持ちかけられると夏月は特に躊躇(ためら)いもせず快諾した。家賃と光熱費も二人で折半すれば大学の寮と大きく違わないし、気の置けない友達とルームシェアをするということにも憧(あこが)れていたからだ。

光熱費は夏月の銀行口座から引き落としで、半額を長谷川に請求する。家賃は毎月長谷川が夏月の分とあわせて現金で大家に支払う、と決めたのは夏月だった。

その時既に夏月は今と同じように朝はカフェでのバイト、日中は大学で、夕方から予備校の講師のバイトをしていたから、夜の飲食店アルバイトだけの長谷川のほうが大家を訪ねやすいと思ったからだ。

この半年間も変わらず毎月、夏月は家賃の半分である四万五千円を長谷川に渡していた。

生活リズムが合わず顔を合わせる機会も減ってきてはいたが、冷蔵庫の扉に現金が入った封筒を磁石でとめておけば、翌朝にはなくなっていた。家賃お願いねとメールをすれば、オッケーと返信もあった。

だけど半年間家賃が滞納していたというのなら、夏月が長谷川に支払っていた四万五千円はどこに消えたのか――あまり考えたくもない。

「はぁ……」

慣れない漫画喫茶暮らしで疲労のたまった首周りをほぐしながら、夏月は小さく息を吐いた。

この十日間、大学とアルバイトの合間を縫って不動産屋に通ってもいる。

それでも家賃五万円を切る物件はなかなか見つからなかったし、大学寮も今は空きがないという。

それ以前に、常にギリギリの生活を送っていた夏月が今まで滞納していた家賃を少しずつでも返しながら新しい物件の敷金礼金を支払って新しい部屋を探す、……なんて無理がある。

無理があるといっても、このまま宿無しでいるわけにもいかない。

「――どうしよ……」

返却されたトレイをダスターで拭（ぬぐ）いながら無意識のうちにぽつりと漏らした、その時。

「どうしたの？」

「！」

ふと甘いコロンの香りが鼻先を掠（かす）めたかと思うと至近距離で顔を覗（のぞ）き込まれて、夏月はあわや悲鳴をあげそうになった。

「いらっしゃいませ」

隣で新人アルバイトが笑いをこらえている。

小さく仰け反った夏月は一歩後ろによろめいたきり何とか踏みとどまって、目を忙(せわ)しなく瞬(またた)かせた。

「お、……おはようございます、いらっしゃいませ」

「うん、おはよう」

突然整った顔立ちが目の前にあって驚いたのと、仕事中にぼうっとしていたことへの罪悪感でまだ心臓が早鳴っている。

夏月は制服のシャツの胸を押さえながら、床に落とさずに済んだトレイをカウンターに戻した。

その様子に軽やかな笑い声をあげるのは、毎朝カフェを利用してくれている顔見知りの常連客だ。

まだ入ったばかりの新人アルバイトでも彼のことはよく覚えている。理由は明白で、いつも穏やかに微笑(ほほえ)んでいる彼の容姿が俳優かと見紛うばかりに美しいからだ。

「すみません、ぼうっとしてて……ホットのカフェラテとクロワッサンサンドでよろしいですか」

「ありがとう」

悪戯(いたずら)大成功ーとレジを打つ女性アルバイトに二本指を立てて見せる彼に、夏月は首を竦(すく)めて笑った。

一八〇センチはゆうに超えた長身と、優しげな顔立ち。耳障りのいい甘い声と嫌味じゃない程度のコロンの香りをまとった常連客。

彼が来ると、もうそんな時間かという目安になる程度に朝の風物詩でもある。

毎朝何百人というサラリーマンをさばいていても、彼は目立つ存在だ。

以前働いていた女性アルバイトが大学卒業を機にバイトを辞める際、クロワッサンサンドと一緒に

森本

自分の連絡先を渡したと聞いたことがあるが、その後のことは知らない。

年齢は夏月よりも十歳ほど年上だろうか。もしかしたら既に結婚している可能性もある。女性アルバイトの間では左手に指輪がないからチャンスはあるということだったけれど。

たいして話したこともない相手に、よくそれだけ夢中になれるものだ。

まあ確かにいつも優しげにしていて、注文の商品を出すと眦の下がった双眸を細めて「ありがとう」と言ってくれる姿は、紳士的そのものだというのは男の夏月でも同意する。

「お待たせいたしました、ホットのカフェオレと、クロワッサン――」

「森本くん」

突然甘い声で名前を撫でられて、夏月は間の抜けた顔を上げた。

さっきほど至近距離じゃないにしろ、常連客の深い眼差しがこちらを覗き込んでいる。

「は、……はい」

確かに自分は森本だ。

だけど、名前を名乗ったことはない。

そもそも夏月がこのカフェで働き始めて一年間、確かに毎朝のように顔を合わせはするけれど、挨拶と注文の繰り返し、せいぜい天気の話くらいしかしたことはない。

どうして名前を、と夏月が目を丸くしていると、骨ばった長い指先が胸元へ伸びてきた。

思わず身構える。だけど美しい人間というのは指先まで優雅で、動きも滑らかなものなのかと感心していると、サロンエプロンにつけた名札をつつかれた。

「あっ」

確かにそこには、森本と名前が刻まれている。

驚いた顔で彼の顔を見上げると、彼は口元を押さえて肩を震わせていた。

からかわれているみたいで急に顔が熱くなって、夏月は視線を伏せた。

「最近、すごく疲れた顔してるね。どうかした？」

一度だけ背後の自動扉を振り返って客足を気にしてから、彼が声を潜めた。

「え、そんな疲れた顔してますか」

夏月は慌てて上げた顔に手をあてがうと、頰（ほお）を擦（こす）ってみた。

毎朝身だしなみは整えているつもりだし、漫画喫茶のシャワーだけじゃなく三日に一度は銭湯にも入っている。

それでも柔らかなベッドで眠れないというのはじわじわと体を蝕（むしば）むものだ。

それにしたって接客業なのに顔に出ているなんて、みっともない。今日も一日会社で働くサラリーマンの前で、学生風情が何を疲れた顔をしてるんだと思われてしまうかもしれない。夜遊びのせいだと思われている可能性もある。

一度裏に戻って顔でも洗ってこようか。

そう思って夏月が顔を顰（しか）めると、さっき名札をつついたばかりの手が開いて、知らず肩を強張（こわば）らせていた夏月の髪をくしゃりと撫でた。

「大丈夫？　がんばりすぎてない？」

「……っ、」

まるですべてを見透かすような目、というのはこういうのを言うのかもしれない。

透き通った淡い茶色の目が夏月を心配そうに窺って、少し震えているようだ。見知らぬ他人のことなのに。

「あ、えー……ちょっと、ごたごたしてて……」

それ以外に言いようがない。

夏月は隣のレジでこちらの様子を盗み見ている新人アルバイトの視線を気にしながら苦笑を浮かべた。

「僕で何か力になれることがあったら、連絡して」

自動扉の開いた音にまた背後を振り返ると、彼は流れるような動作でスーツのポケットから名刺を取り出して、カウンターに滑らせた。

電車が到着したのか、店内に客がなだれ込んでくる。

「じゃあね」

彼は驚くほど器用に片目を瞑って見せると、名刺と引き換えにクロワッサンサンドの乗ったトレイを持って客席に引き返してしまった。

隣の新人アルバイトが、新しく来た客に挨拶をしながらも夏月の手の中を気にしているのがわかる。

夏月の手の中には、誰でも知っているような大手出版社の社名と、小澤椎名と書かれた名刺がコロンの香りを纏って残されていた。

＊　　＊　　＊

「おはよう、森本くん」

誰もが気だるげな朝の空気を一変させるさわやかさで、椎名が自動扉を潜ってくる。

「おはようございます、いらっしゃいませ」

椎名の姿を認めるなりカフェオレのカップを用意しながら夏月が声をあげると、紙ナプキンの補充に行っていた女性アルバイトが駆け足で戻ってきた。

「ホットカフェオレとクロワッサンサンドでよろしいですか？」

「森本くんちょっと鼻声じゃない？」

女性アルバイトにレジ前を譲った夏月に、椎名が大袈裟なくらい心配そうに眉を顰める。

ねえ、と同意を求められたレジの女性アルバイトは、椎名と目が合ったというだけで頬がほんのり桜色に染まった。確か彼女には一つ年上の彼氏がいたはずだけど。

「うーん、あーちょっと……咳とかは大丈夫なんですけど」

確かに数日前から鼻が詰まって、夜になるとくしゃみも出てくる。

このところ天気もすっきりしない日が続いて肌寒いからかもしれない。

漫画喫茶では夏月がくしゃみを連発させると、運が悪い時は隣のブースからパーテションを殴られたりもした。寝不足に追い討ちをかけられている気分だ。

「……マスクとかしたほうがいいですよね、すいません」

「そうじゃなくて」

レジでいつも決まった金額を支払うと、椎名は身を乗り出すようにして夏月の前に移動してきた。

「ちゃんと眠れてる？　疲れが取れてないんじゃないのかな」

他のアルバイトを気遣って声のトーンを落としてくれる椎名に、夏月は首を竦めて見せた。

疲れが取れてないのは感じる。

何度か友達の家に泊めてもらったりもしたけれど、さすがに友人のベッドを使うわけにもいかない。

漫画喫茶とは違う意味でも気も遣うし、結局それきりだ。

「ねえだからさ、うちにおいでよ。気を遣うことなんてないんだから」

苦笑を浮かべてやり過ごそうとする夏月を呆れたように見て、椎名も複雑そうな笑みを漏らした。

椎名という名前を知る前は、いつもにこにこと温和な笑顔を浮かべている現実味のないイケメンという印象しかなかった彼が、最近は困ったような笑みを浮かべているのをよく見ている。

原因は、夏月が私事を話してしまったせいだ。

名刺を渡されてからずっと体調を気にかけてくれる椎名に、ちょっとした世間話の延長のつもりだった。

ルームシェアしていた友人に家賃持ち逃げされて住所不定になってしまったなんて、大学の友達でさえ笑ったくらいだ。そんな漫画みたいな話あるのかよと。

だけど椎名は笑わなかった。

笑わずに、「じゃあうちにおいでよ」と言った。

「僕も今友達と一緒に暮らしてるし、それでも部屋が余ってるくらいなんだ。分譲だから家賃も要らないし、森本くんが新しい部屋を借りるまでの間自由に使っていいよ。もちろん、急いで新しい部屋を借りようとしなくてもかまわないし」

まさか、バイト先の常連客の家に世話になるなんて考えてもない。

最初は冗談だと思って笑って聞き流そうとした夏月に、椎名は住んでいるマンションの最寄り駅を告げた。

カフェに隣接した駅から二駅ほどの、一等地だ。

大学に通うのにも、朝夕二つのバイトに通うのにも、もちろん申し分ない。ただ一介の苦学生がそんなところに住めるわけもないような場所だ。

しかし椎名は夏月の目を覗き込んで――椎名は大きな身を屈めて人の目を覗き込むのがどうやら癖のようだ。最近知ったのだけれど――真剣な表情を浮かべている。

冗談で言っているわけではない、のかもしれない。

「いや、でも――……」

「僕って寂しがりなんだ」

は、と声を漏らして夏月が目を瞬かせると、隣に入っていたレジの子がこちらを凝視しているのが視界に入った。

女性からしてみたら今すぐ夏月と立場を交代してもらいたいところだろう。

もっともさすがに女性相手だったら椎名も軽率に家に招くようなことを言わないだろうけど。

「だから、家にいる人は多いほうが楽しいなと思って。だから森本くんさえ良かったら、本当にうちに来て。ずっとじゃなくても、一回ちゃんと休むだけでもいいんだよ？」

ホテル代わりにしていいからねと甘く落ち着いた声で言った椎名が、カウンター越しに腕を伸ばしてくる。

椎名からしてみたら夏月なんて本当に子供なんだろう。こんな状況に置かれることも、この状況から簡単に抜け出すことのできないくらい蓄えのないことも。

そのせいか、椎名はよくこうして夏月の頭に手を伸ばす。

少し首を竦めてその大きな掌を受けながら、夏月は苦笑した。

「……ありがとうございます」

好意に甘えるかどうかはさておき、気持ちはありがたい。

夏月は照れくささに首を竦めて椎名の顔を見上げると、眉尻を下げた。

とその時自動扉の開く音がして、いち早く椎名の手が離れた。夏月も慌てて顔を上げる。

「いらっしゃいま、――……っ」

急に頭を動かしたせいか、ぐらりと目の前が眩む。

「森本くん！」

いつも通りクロワッサンサンドを持ってカウンターを離れようとした椎名がそれに気付いて声をあげた時にはもう、眩暈は治まっていたけれど。

「すいません、……だ、大丈夫です」

入ってきたばかりの客もレジの子も、厨房に入っていたアルバイトまで顔を覗かせている。

夏月は小さく鼻を啜って、小さく頭を下げた。

頭がぼうっとするのは鼻が詰まってるせいだとばかり思っていたけど、もしかしたら熱でもあるのかもしれない。

体温計はリビングルームの薬箱に入れていたから、夏月の荷物の中には入ってない可能性がある。

バイトが終わったら大学の保健室に行けばいい。

「森本くん」

夏月の様子を一瞥しただけで注文を始めたサラリーマンのアイスコーヒーを作ろうとグラスに手を伸ばした時、椎名がいつもより低い声を漏らした。

いつもは次の客が来たらカウンターを離れてしまう椎名が、まだいるなんて珍しい。

夏月がその顔を振り仰ぐと、椎名は双眸を細めて微笑んでいた。

「ここのバイト、何時まで？　迎えに来るよ」

今までだって椎名はいつも笑ってるような人だと思っていたけれど、こんな華やかな笑顔は見たことがない。

長い睫毛に縁取られた双眸が優しく夏月を見下ろし、形のいい唇が完璧な弧を描いている。まるでおとぎ話に出てくる王子様のような、誰しもが見蕩れる微笑みだった。

「え、いやあの……バイトの後は大学、が」

「風邪を治さなきゃ単位も何もないでしょう？　これ以上こじらせたら授業にも出られないしバイトも休まなくてはならなくなるよね」

椎名の声音はいつもと同じ、優しくて甘い。

しかしその完璧な笑みとあいまって、有無を言わさない迫力を感じる。

「もし君が倒れたらこの店のシフトは誰が埋めてくれるのかな？　僕は森本くんの淹れてくれたカフェオレ以外飲む気はないんだけど」

「いや、あの——」

倒れるなんて、そんな大袈裟なことじゃない。

夏月が口を挟もうとすると、カウンターに手をついた椎名が身を屈めて距離を詰めてきた。椎名の影が夏月の視界を覆い、脅迫的なまでに美しい笑顔が至近距離に迫る。何故か傍らで見ているだけのレジの子のほうが短く息を呑んだ。

「ね、僕の言うことを聞いて」

これじゃ、王子様に化けた魔法使いのようだ。

蕩けるような視線に絡めとられた夏月はそれ以上言葉を発することもできず、気がついたら小さく肯いていた。

◆2

長谷川と住んでいたのは、２ＬＤＫバストイレ別で管理費込み九万円のマンションだった。

私鉄沿線で築二十五年。室内がリフォームされたのは前の入居者が入る前で、それなりにくたびれた部屋ではあった。それでも学費も自分で払わなければいけない夏月には寮から出られることなんてないと思っていたし、広さも十分の贅沢な引っ越しだと思っていた。

それも、契約を更新することなく追い出されてしまったわけだけど。

もし次の入居者が決まっていないといわれたところで、夏月一人で家賃九万円のマンションに住み続けることはできなかった。

毎月アルバイトの給料が、カフェと予備校あわせて十三万ほど。それに奨学金五万円。後期の学費の納入は先月終わったばかりで、口座はすっからかんだ。

だけどこれからは毎月一万でも二万でも、家賃滞納分と明渡執行費用を返していかなければならない。

バイトをこれ以上増やすことを考えなければいけないくらいなのに、風邪なんかで倒れている場合じゃない。

そのはずなのに。


「……ん、」

夏月が寝返りを打って目を開くと、白い天井が見えた。

先月まで暮らしていたマンションの薄汚れた天井でも、漫画喫茶の薄暗い天井でもない。

見慣れない、真新しい天井だ。

「――……？」

ぽかんとして天井を見上げた夏月の額から、濡れたものがずるりと落ちる。

とっさにそれを押さえて、気がついた。

自分が今ベッドの中にいるということに。

「っ！」

反射的に跳ね起きた。

とたんにひどい眩暈が頭を駆け巡って、そのまま前に突っ伏す。

額から落ちたのは濡れたタオルだった。しかもあたたかくなっている。

――どうやら本格的に発熱してしまったようだ。

室内は暗くてよく見えない。というよりも全身が重く、節々が痛くてそれどころじゃない。

見知らぬ天井、まるで体を包み込むような上質なベッド――ときて、まさか自分がホテルにいるのじゃないかと思ったのは、安直な発想だ。

こんな熱を出している状態で見知らぬ女性が傍らにいるはずも、そんな行為ができるとも思えない。

そんな相手もいないし、朦朧とした状態で巡り会った記憶もない。

となると、ここが椎名の家なのだろうか。

よくよく考えてみるまでもなく、それ以外考えられない。

バイトの後に椎名が店まで迎えに来てくれたところまでは思い出すことができる。

以前もらった名刺には第一編集部の営業と書かれていた。外回りと嘘をついて迎えに来たのだと言っていた、ような気がする。

だけどそれ以降の記憶は曖昧だ。

とりあえずバイトを終えて、椎名の顔を見た瞬間緊張が解けたのかもしれない。ここに来るまで自分の足で歩けたのか、椎名に迷惑をかけたのかもわからない。

「椎名さ……」

温くなったタオルを握り締めてゆっくり顔を上げ、見知らぬ暗がりで声をあげようとすると咳き込んだ。

さっきまでは咳なんて出なかったのに。明らかに悪化している。

体を沈めていたベッドを振り返ると枕元に携帯電話があった。時間を確認すると、いつの間にか夜になっている。

頭が重い。喉が渇いた。

椎名は夏月をベッドに押し込んで仕事に戻ったのだろうか。

見ず知らずに毛が生えた程度の人間を自宅に残していくなんて、ちょっと信じ難いことだ。それだけ信用されているのかと思うとくすぐったい気もするけれど。

時間を確認するために電源を入れた携帯電話の液晶から漏れる明かりで、室内が見渡せる。

セミダブルほどのベッドがある他は、何もない部屋だ。

広さは六畳ほどか、家具がないせいで広く見える可能性もある。ここが椎名の部屋とは考えられないから、部屋は余っているというのは本当のことだったのかもしれない。

椎名が何時に帰ってくるのか、あるいはもう帰ってきて休んでいるのかもわからない。

夏月はしばらく考えて、綿菓子のように軽い羽毛布団から抜け出た。

「……！」

風もないのに、ベッドから出た瞬間怖気が走って身震いがする。

悪寒があるというのことは、これからまだ熱が上がるということなのか。

思わずため息を吐こうとすると、また咳がこみ上げてくる。咳き込むたびに頭も痛んだ。

「うー……」

情けない。

重い体を引きずって何とか部屋の扉まで辿り着くと、隣の部屋から人の気配を感じた。隙間から明かりも漏れているようだ。

さすがに椎名も帰ってきているのか。

どこかほっとして夏月は思い切りよく扉を開けた。

「椎名さんすみません、僕——……」

「ああ、目が覚めたか」

できる限り元気そうな声を張り上げた夏月が隣の部屋——大きなリビングに歩み出ると、そこにいたのは、見たこともない男性だった。

「あ、——……れ？」

一瞬、頭の中が真っ白になる。

大きなガラス張りのリビングからは、都内の夜景が見下ろせる。こんな光景をドラマや映画で見たような気がする。

窓際にはおしゃれな観葉植物なんかが置かれていて、大きなオーディオセットからはクラシックが流れている。豪華なカウチとは別にリクライニングチェアがあって、男はそこに深く腰掛けていた。手にはブランデーグラス。

確かに、こんな光景を夏月は知っている。

さっきまで身に纏わりついていた発熱の汗とは違う、冷たい汗がどっと噴き出してきた。

「椎名ならいねえぞ」

嗄(しわが)れたような声の男は面倒くさそうにそう言って、リクライニングチェアからゆっくり立ち上がった。黒いスラックスに、ボタンを二つほど外した白いシャツ。

濡れたような黒い髪を後ろに撫で付けていて、狭い額とまっすぐにつり上がった眉があらわになっている。彫りの深い目元は切れ長で、剃刀(かみそり)のような鋭い光を湛(たた)えていた。見るからに、堅気じゃない人だ。

夏月は開いたばかりの扉を閉めたい衝動に駆られて、しかし竦みあがったように動けなくなった。

「あ、ああ、あの、し……椎名さ、んは」

「あ？」

細い眉の間に皺を寄せた男が大きな声をあげると、夏月はぎゅっと目を瞑って後退(あとじさ)った。

ドアノブを握る手に力を籠めているけれど、こんなものに縋(すが)ったところで何にもならない。

男は大股(おおまた)でのしのしと歩くようにリビングを横切り、夏月の前に歩み寄ってきた。

「聞こえねえ」

男が近付いてくると風が舞って、ブランデーと煙草(たばこ)の匂(にお)いが夏月の鼻先を掠めた。噎(む)せるような匂いだ。

「あ、あの、えっ……こ、ここって椎名さんの家じゃ、」

「俺んちだけど」

えっと声をあげた瞬間、男の影が夏月の上に落ちてきた。

すごい威圧感だ。

特別体が大きいというわけでもないのに、夏月を見下ろすぎらついた眼(め)や不機嫌そうな表情、乱暴な言葉使いが夏月の心拍数を上げる。

ドアノブに縋っていなかったら、みっともなく尻餅(しりもち)をついていたかもしれない。

「え、っ……あの、僕、椎名さんの――……家に」

確かに、椎名は「僕のうちにおいで」と言っていた。

ここに来るまでの記憶は曖昧だけれど、熱を出す前から繰り返しそう聞いていたのだから連れてこられたのは椎名の家なのだと思っていた。

「こ、こ、は、お、れ、ん、ち」

わからねえ奴だなとでも言いたげに声を大きくした男に、夏月は顔を伏せて肩を竦めた。

こういう人は、ちょっと苦手だ。

対峙しているだけで息が詰まってしまう。

「つーか椎名の家なんてねえよ」

「えっ？」

思わず、声が漏れてしまった。

うちに来ていいよと言っていた椎名の家がない？

夏月が目を瞠って顔を上げると、男の舌打ちが頭上で響いた。

「あの野郎が勝手にうちに転がり込んできてるだけだ」

夏月は呼吸をするのも忘れて、思わず男の顔を呆然と見上げた。

確かに椎名はルームシェアをしていると言った。今の今まで忘れていたけど。だから、この強面の男が椎名のルームシェアの相手――ということなのだろう。が、この口ぶりではシェアという様子じゃない。居候だ。

「あ、――……ええと」

さっきまでとは違う汗が夏月の背筋を伝い落ちる。

椎名のこともよく知らないが、ちょっと強引なところがあるのを今朝実感したばかりだ。

あの調子で椎名がこの男の家に居候しているのだとしたら、その椎名に連れられてきた自分なんてどうしようもない邪魔者だということがいやというほどよく理解できる。

もしかしたらこの男性も——ちょっとばかり佇まいは怖いけど——悪い人ではないのかもしれない。夏月を今まで寝かせてくれていたのだし。

だけど、そんな迷惑を押し付けられてにこやかに対応できるはずなんてない。当然だ。

「す、すいません僕知らなくて……あの、もう、出て行くので」

椎名の連絡先は知らないが、また明朝カフェで会えるだろう。

椎名に言われるまでもなく、バイトに穴をあけるわけにはいかない。給与的な意味で。

ご迷惑おかけしました、と夏月が慌てて頭を下げると、足元がふらついた。

しかしその足で踵を返して、ベッドに置いたままにした携帯電話を取りに戻る。あと小さいデイバッグを持っていたはずだ。室内にそれを探そうとすると、頭がぐらぐらと揺れる。

「おい」

ざらついた声に呼び止められて、夏月は反射的に振り返ろうとした。

ただでさえ足元が覚束ないのに、また方向を変えようとしたせいで、体が重力に引きずられる。

ぐらんと頭が揺れて、目の前が回転するような気がした。

やばい、と思って踏ん張ろうとする足にも力が入らない。

思わずその場に倒れこみそうになったその時、乱暴に腕をつかまれた。

「っ、……！　すい、ません……」

男の腕に支えられたはいいものの、ブランデーと煙草の匂いが強くなって夏月は顔を伏せた。胃がひっくり返りそうだ。

頭上で重いため息と、舌打ちが聞こえた。

「……まだ熱あんだろ。いいから、寝てろ」

「あの、……でも」

自分の吐く息が熱い。

みっともないことに初めて会った男に支えられて何とか倒れずに済んだ夏月は体勢を立て直したけれど、それでも男は夏月の腕を放そうとはしない。

「あ、あの……大丈夫です、から」

「部屋は余ってんだよ。お前がいようといまいと俺には関係ねえ」

痛いくらい強くつかまれた腕を引かれて、夏月は足を縺(もつ)れさせるようにして部屋の中に連れ戻された。

あまり急に動くと、頭が掻(か)き混ぜられるようだ。気持ちが悪い。

思わず夏月が顔を顰めると、男がそれに気付いたように――室内は暗くて、とても夏月の表情まで見えないと思っていたのに――腕の力を緩めた。

「寝てろ」

ぎこちない手で肩を押されて、ベッドに促される。

遠慮すべきだということはわかっているのに、体が重くて思うように動かない。腰を沈めたベッドは雲の上にいるかのように柔らかくて、こんな時じゃなくても恋しく感じるくらい気持ちのいいベッドだ。

「す、い……ません、あの、僕」

ふらふらと辿り着いたベッドに倒れこんだ夏月を、男が見下ろす。部屋が暗くてその表情までは見えない。しかし呆れたようなため息と舌打ちが聞こえて、夏月はぎくりと身を強張らせた。

「熱があんのに体冷やすんじゃねえよ」

リビングからの明かりで逆光になった男の長い腕が上げられたかと思うと、思わず目を瞑った夏月の体の下から羽毛布団が引きずり出されて体の上にかぶせられた。

「……っあ、すいま、せ——」

そのまま乱暴に体をぎゅうぎゅうと布団で包(くる)まれて、夏月は恐る恐る男の顔を仰いだ。眉間(みけん)に不機嫌そうな皺が寄っている。

「待ってろ、今体温計持ってきてやるから」

面倒そうに吐き出すわりに、男はそう言ってすぐに踵を返した。

首元に押し込まれた布団に、まだ男の煙草の匂いが残っている。夏月はそれにまだ少しの緊張と申し訳なさを覚えながら、しかし久しぶりに包まれるベッドの感覚にゆるゆると意識を手放していった。

* * *

「改めまして、自己紹介でもしよっか」

よく晴れた土曜日。

十畳以上はありそうな広いリビングのダイニングセットに腰を下ろした椎名が朗らかに言った。

「しょっかじゃねえよ」

その隣で苦虫を噛み潰したような顔をしているのはこの家の所有者である、羽生という男だ。

どこからどう見ても夏月にはそのスジの人のように見えるが、椎名の同僚だという。

「森本くん、もう風邪は大丈夫？」

「あっ、はい、おかげさまで……！」

夏月はその後結局二日間寝込み、アルバイトも休む羽目になった。

その間羽生はとにかく寝て治せというだけだったし、あともう一日熱が引かなければ椎名が仕事を休んで病院に連れて行くとまで言っていた。

熱が引いて本当に良かった。

「あの、このたびは突然お邪魔してしまって本当にすみませんでした」

二人の正面に座った夏月は改めて深々と頭を下げた。

営業部の椎名と、編集部の羽生、平日の日中はどちらも仕事に出かけていたが、その間夏月が家に一人になることを心配はしても疑われるようなことはなかった。

羽生いわく盗られて困るようなものはないし、そんなことを気にしていたら椎名だって家に入れていないということだった。同僚の椎名と見ず知らずの夏月とでは話にならないと思ったが、険しい顔つきの羽生にそれ以上言い募る勇気はなくて口を噤んでしまった。

もっとも、夏月は二人が仕事に出かけている間泥のように眠っているばかりで、たまに椎名が様子を見に来てくれていたらしく目が覚めると枕元にスポーツドリンクや薬が置いてあった。

つくづく、二日間寝込んだだけでこれだけ体調が回復したのは二人に本当に良くしてもらったおかげだ。

「こんなに良くしていただいたのに、僕、あの——何もお礼できるようなことがなくて」

「別に礼が欲しくて寝かせてたわけじゃねえ」

マグカップに淹れたコーヒーを啜りながら、羽生が低くつぶやいた。

思わず、夏月の喉が鳴る。

「すいません、そういうつもりじゃ——……ただ僕は、お礼がしたいと思って」

この数日間、寝泊りさせてもらっただけじゃない。スポーツドリンクの差し入れや、卵粥(たまごがゆ)まで作ってもらったことに涙が出そうになるほど感謝している。

上京してからこっち、あんなに優しい味のお粥を食べたのは初めてだった。

金銭的なことはもちろん、気持ちの上で何とかお礼の形を示したいと、そういうつもりだった。気の利かない夏月には、なんて言って表せばいいのかわからないけれど。

言葉に詰まった夏月が固まっていると、椎名の長いため息が聞こえた。

「また進一郎(しんいちろう)はそういう言い方する」

隣の羽生の肩を叩いて首を振った椎名が、ソファから腰を上げて夏月の隣に移ってきた。

あわてて腰をずらして、椎名の座る場所を空ける。と、椎名が体を大きく傾けて夏月の顔を覗き込んだ。

「大丈夫だよ。お礼なんて考えなくても。森本くんが元気になったなら、それが一番うれしいな」

「椎名さん……」

壁一面の窓から差し込むあたたかな陽だまりのような優しい笑顔に、緊張していた心がゆるゆるとほどけていくのを感じる。

とはいえ、隣に座った椎名の手が腰に回ってきそうになると夏月はやんわりと固辞した。

いつもカフェで見せる通勤前の姿とは違って、シンプルなカットソーを着けた椎名は眩いばかりに洗練されて見える。バイト先の女の子たちに見せたいくらいだ。

「ところで森本くんは、下の名前なんていうの？」

「あっ、すいません……！　夏月です。森本、夏月」

そう呼んで欲しいというから椎名のことを下の名前で呼んでいたが、馴れ馴れしかったかもしれない。夏月は名刺を持っているような身分ではないし、自分のことを何一つ話してない。

お礼をする以前の、礼儀の問題だ。

「へえ、じゃあにゃっきーだね」

再び背筋を伸ばして緊張した夏月に相好を崩した椎名が、しまりのない顔で笑う。

「に、……にゃっきー……？」

目を瞬かせて聞き返す。と、羽生も怪訝な顔を浮かべていた。

「あだ名。僕、あだ名つけるの得意なんだ～」

なつきだからにゃっきー、と椎名は満足そうに肯いて一人納得している。

今までの人生でそんなあだ名をつけられたことはないし、困惑した夏月が思わず視線をさまよわせると眉間を押さえていた羽生と目が合った。

「椎名」

夏月と視線を合わせると仕方ないといったようにため息を吐き出した羽生が、唸るような声をあげる。

思わず夏月のほうが身を竦ませたが、椎名はなんでもないことのように首を傾げた。

「お前はちょっと黙ってろ」

「僕が黙ってたらにゃっきーが緊張しちゃうでしょ？」

「そのにゃっきーと言うのを止めろ」

自分のことのように不機嫌そうにした羽生がにゃっきーと口にすると、思わず夏月は噴き出した。

その強面の口から出てくるには、あまりにも間の抜けたあだ名すぎて。

椎名がどういう経緯で羽生の家で暮らしているのかはわからないが、二人のやり取りを見ていると初めて羽生の口からここは椎名の家ではないと聞いた時ほどの違和感はない。

最初は椎名が無理やり居候しているのかと心配にもなったけれど、そんなこともなさそうだ。二人は気の置けない友人同士なんだろう。

夏月と長谷川だってこんな風に互いの休みの日をとりとめのない話で過ごした日はあった。

徐々にそんな機会が減り、しまいには連絡もつかなくなってしまったけれど——……。

「おい」

知らず視線を伏せた夏月を、羽生の低い声が叩いた。

慌てて顔を上げると羽生も、椎名も笑うのを止めて夏月の顔を心配そうに覗き込んでいる。

反射的にすいませんと声をあげようとして口を開きかけた時、胸の前で腕を組んだ羽生が呆れた声を出した。

「……ナツでいいな」

「え？」

目を眇め、夏月を見下ろすように顎先を上げた羽生の顔をぽかんとして仰ぐ。

「にゃっきーじゃ駄目？」

「お前こいつをペットか何かだとでも思ってるのか」

違うよ、と真剣な顔で否定する椎名に視線を転じると、夏月と目が合った椎名がふわりと微笑んだ。

「ナツくん、しばらくここで休んでいきなよ」

さっきまでの子供じみた様子と一変して、椎名が甘く沁みこむような声で言う。

さっき固辞したせいだろうか、夏月に容易に触れるでもなく、差し出すように掌を広げて見せながら。

「え？　しばらく――……って……」

もう十分、休ませてもらった。

熱は引いたし、咳もだいぶ治まって来た。

しばらくどころか、もう三泊もしてしまったというのに。

「お前、ルームメイトに家賃持ち逃げされて住むところがねえんだろう」

椎名に聞いたのか、羽生の厳しい口調で言われると胃がキリリと痛くなってくる。

家賃持ち逃げという風には考えていなかったけど、まったくその通りだ。

大学の友達にはどうして夏月が明渡執行手続きの金まで払わなければいけないんだと怒られもした。

だけどそれは長谷川のためじゃなくて、今まで世話になった大家のためだ。

「金を返し終わって新しい部屋を見つけるまでは、自由に使え。ここにいる間は家賃なんか気にしねえでいいから」

明後日(あさって)のほうを向いて吐き捨てた羽生の顔を、夏月はぽかんと口を開けてしばらく見ていた。

どこの馬の骨とも知らない夏月を、熱があるからといって泊めてくれただけでも驚きなのに、まだしばらく泊まっていていいという羽生の言葉が、頭の中でうまく整理できない。

夏月も友達にお人よしだと言われるほうではあるけれど、羽生も相当のものだ。

「急いで新しい部屋を見つけることなんてないよ？　僕もいるし」

目を瞬かせた夏月の隣で、椎名が肩を窄(すぼ)ませて笑う。それを睨(にら)み付けた羽生の表情にも、さっきまでより少し緊張を覚えなくなってきていた。

「あ、あの……！」

いてもたってもいられず勢いよくソファを立ち上がると、椎名と羽生が目を瞠って夏月を仰いだ。

「か、家事とか、なんか……僕にできることがあれば何でもお手伝いしますので！　だから、その……生活が落ち着くまで、お言葉に甘えさせてください！　よろしくお願いします！」

ぎゅっと拳を握り締めて、深々と頭を下げる。

腹に力を入れていないと、なんだか泣き出しそうだった。

別に長谷川に捨てられたというわけじゃないけれど——捨てる神いれば拾う神あり、というのはこういうことかもしれない。

夏月は羽生が迷惑そうな顔でもういい、と言うまでしばらく頭を下げていた。

◆3

お手伝いできることは何でもする——と言ったのは本気だった。

家賃は要らないから寝泊りしていいなんて言われて、夏月にできることといえば家政婦のような真似くらいだと思ったからだ。

とはいえ炊事も洗濯も掃除も、いわゆる成人男子の十人並みのことしかできない。特別美味しいご飯が作れるという特技があるわけでもないし、洗濯も掃除にもこだわりを持たない。

それどころか、今まで考えてみたこともなかったけれど家政婦の真似というのはそれなりの信用がなければなかなかできるものじゃない、ということに気付いてしまった。

掃除するといっても共有スペースはリビングとキッチン、風呂トイレくらいのもので、それぞれの私室に無断で入るわけにはいかない。

ましてや洗濯なんて、いくら同性といえど自分の下着を他人に触れられたくないかも知れないと思うととても洗濯させてくださいなんて言えない。

これが職業として雇われたホームキーパーだと言うなら、羽生たちも割り切って任せられたのかもしれない。

しかし夏月はそんなプロの技があるわけでもない、ただの頼りない学生だ。

夕飯だって、外で買ってきたものの方がよほど美味しそうだ。実際夏月が予備校のアルバイトから帰宅した時間にどちらかが帰ってきていれば、夕食をご馳走になってしまうこともあった。

ベッドを借りているだけでも感謝しきれないのに食事まで……と物怖じすると、羽生には「ガキが何言ってんだ」と小突かれた。

「僕は純粋に、誰かと一緒にご飯を食べられるっていうだけで幸せだな」

だから気にすることないよと椎名は笑った。

その日も、予備校のアルバイトが終わる時間に椎名から電話があって、夕食をご馳走になってしまった。

予備校近くにある、夏月一人じゃ入ってみようとは思えないようなちゃんとしたイタリアンの店に椎名は自然に入れてしまう。

緊張して後ろについていくしかない夏月を、椎名はさり気なくエスコートしてくれた。

「これくらいはね、僕も大人だから」

気後れしてしまう夏月に、椎名は悪戯っぽく笑う。

「僕だってナツくんくらいの年齢の時はファミレスしか入ったことなかったよ」

そう言いながら、椎名は前菜とメイン、食事にあうワインまでテキパキと決めてオーダーしてしまう。

初めて来た店のはずなのに椎名は店の雰囲気にすごく合っていて、落ち着いて見える。それどころか椎名と一緒にいると周囲の見る目が変わるのを感じる。

物腰穏やかなのに堂々として、その場の人がみんな振り返るような容姿をしているのに、驕ったところがひとつもない。

椎名は知れば知るほど、不思議な人だ。

「……椎名さんておいくつなんですか？」

十歳ほどは違うと思っているけれど、十年後の夏月が椎名のようになれているとはとても思えない。

夏月は店内の他の客——特に女性客の視線を気にしながら、窺うように尋ねた。

「ナツくんはいくつ？　大学——二年生、だっけ」

「はい。今年で二一です」

同級生にだって、大人びている人や子供っぽいのがいる。

自分ではどちらかといえば子供っぽいほうだという自覚はある。

「うーん、じゃあ僕の子供でもおかしくないくらい……」

「えっ?!　本当ですか？」

まさか、四十を過ぎているとは思ってなかった。

グラスに伸ばそうとした手をテーブルについて夏月が身を乗り出すと、椎名は首を傾げた。

「うん……？　それはさすがにないか。まあ精通はしてたから作ろうと思えば作れたと思うけど……」

精通って。

周囲の女性がこちらを気にしていることを知らないはずはないのに、そんなことを言ってしまう椎名に、夏月の顔が熱くなる。

この場に羽生がいれば怒ってくれただろうけど、夏月は噎せるだけで精一杯だ。

「あれ、ナツくんまだ風邪治らないの？」

「風邪の咳じゃないですよ」

顔を熱くさせた夏月が恨みがましく睨み付けると、椎名は一瞬きょとんとした顔を浮かべた後、すぐに屈託なく破顔した。わざとやってるのか、そうじゃないのかもわからない。

やがて前菜と軽い口当たりのワインが運ばれてきて、何にでもなく乾杯をする。

滞納していた家賃も返し終わっていない上に羽生の家に間借りさせてもらっているような状況なのに以前の暮らしよりもおしゃれな食事をしているなんて、ちょっと信じられない気分だ。

それも、椎名みたいな誰もが羨むような美形と一緒だなんて。

羽生の家でしばらくお世話になると決めて半月あまり、サークルの部室に預けていた私物も運び入れた。

自分で荷造りしたわけではないのでいろいろなくなっているものはあったけどなんとか落ち着いて生活できるようになってありがたいばかりだ。

それでも椎名は何かと夏月を心配してくれて、こうしてバイトの後に退社時間を合わせてくれたり、朝一緒に家を出ることも多い。

椎名と歩いているとそれだけで目立ってしまうので最初のうちは緊張したが、最近は諦めてきた。どうせ道行く人が見ているのは頭上の椎名の煌びやかさだけで、その下にある夏月の存在は目にも止めていないのだと思うと気が楽だ。

カフェのバイト仲間には未だに椎名のことを根掘り葉掘り聞かれるけど、実はちょっと変わった人だ――としか言えない。夏月もそれしかわからない。

「明日もカフェのバイト？」

サーバーを使って器用にパスタを取り分ける椎名の伏せられた睫毛に見蕩れていると、ちらりと視線がこちらを向いた。

「っ、はい」

普通の人よりも少しアンバーがかって見える椎名の眼に射抜かれると、ドキッとしてしまう。夏月が女性だったら一瞬で虜（とりこ）になってしまっただろう。

そういえば、椎名や羽生にも恋人がいたりするのだろうか。

たまに帰りの遅い日があってもそれがデートなのか仕事なのか、気にしたこともなかった。

ルームシェアの大前提として恋人を家に連れ込まないというのは夏月と長谷川の間でも一番に取り決めたことだった。もっとも長谷川と違って女性に縁のない夏月には関係のない決まりごとだったけれど。

夏月たちよりずっと大人な椎名と羽生はそんなこと明言するまでもなく当然のマナーとしてそうしているに違いない。

「そんなにバイトばっかりしてたら、彼女とデートする暇もないでしょう」

「っ！　彼女なんて、そんな……！」

考えていたことを見透かされたようで、夏月は危うくパスタを噴き出しかけた。

「ナツくん、大丈夫？」

パスタに入っていた魚介を喉に詰まらせた夏月を心配して、椎名がワインを勧めてくれる。勧められるままフルーティなワインを呷（あお）って、夏月は気まずい気持ちを飲み下した。

「僕は、椎名さんたちみたいにモテないので、彼女とかは、その」

自分で言って情けなくなってきて、語尾が小さくなる。

異性にモテるのは容姿のせいばかりだと思っていたわけではないけれど、ただのカフェの店員でしかなかった夏月にここまで親切にしてくれる椎名を見ていると、内外どちらもそろっている人間になんて太刀打ちできないと感じる。

そもそも太刀打ちしようと思ったこともないけれど、こうして口に出すと卑屈になってしまいそうだ。

「そうなんだ」

パスタをフォークの先でつつきながらうつむいた夏月に、椎名は心底意外そうにつぶやいた。

きっと椎名のことだから本気で驚いているのかもしれないけれど、どうにもいたたまれない。

世の中は不公平にできていて、みんなあなたのように女性がほっとかない人間ばかりではないのですよ——とは、とても言う気になれない。

たぶん夏月が同意を求めたらこの店内にいる全員が夏月の気持ちを理解してくれると思うけれど。

「ナツくんかわいいのにね」

パスタを取り分けられた皿に視線を落としていた夏月が思わず顔を上げると、椎名がにこりともせず、真剣な眼差しでこちらを見ていた。

驚いて、慌てて顔を伏せる。

いつもにこやかな椎名が笑っていないと美しさに凄(すご)みが出るようで、心臓に悪い。

「あ、あ——……それはなんとなく、あの、弟みたいとかはよく……」

自分の母親ほどの女性から息子にしたいと言われるのも慣れている。

同級生からかわいいと言われたことが過去になかったわけではないけれど、それは恋愛対象じゃないと言われているのも同然だ。

自分でも必要以上に卑屈になっているのを感じて夏月は苦笑を浮かべると、もう一度椎名を窺い見た。

大体こういう時、次の瞬間には椎名はいつも通り笑ってくれる。

案の定、夏月の視線に気付いた椎名は双眸を細めて微笑んでくれた。

「ううん、そういう意味じゃなくて」

しかし言っていることは譲る気がないようだ。

「僕本当に、ナツくんは素敵な人だと思ってるよ」

「それは、……ありがとうございます」

「あ！　信じてないでしょう」

信じてないわけじゃない。

椎名は人を傷つける人じゃないと思っているけれど、社交辞令でうわべだけのことを言う人でもないとわかっている。思ってもないことを言うくらいなら、その場を煙(けむ)に巻いてしまうような人だ。

だから椎名が夏月を好ましく思ってくれているのは本当なんだろう、ありがたいことに。

そうでもなかったらこんな風に窮状を助けてもらってないだろうし、それは信じている。

だけど椎名がそう思ってくれているからといって、夏月が女性にモテるかどうかというのは別の話だ、というだけだ。

「……僕ね、少し前にすごく嫌なことがあって」

ふと声のトーンを落とした椎名が、魚料理にフォークを伸ばした。

いつも陽だまりのようにあたたかくて明るい椎名が声を静めると、それだけで店内の照明が一段階落とされたような、そんな錯覚に陥った。

「傷ついてしまったし、疲れてしまって、この世が真っ暗に思えた時があったんだ」

低い声で囁くように声を潜めた椎名の様子に、夏月は知らず顔を上げていた。

睫毛を伏せた椎名の顔に影が落ちている。

椎名でもそんな風に思う時があるのかと思うのと同時に、力ない表情に胸が締め上げられる。

「椎名さん、……」

何があったのか知らない。今は聞く気もない。それなのに椎名の表情を見ているだけで声が震えて、
夏月はテーブルに身を乗り出していた。

そんな夏月に気付いて視線を上げた椎名が、ふふっと小さく笑う。

「でもそんな時、カフェオレを飲みに入ったお店でね、すごく優しい店員さんがいたんだ」

思わず、どきんと胸が鳴る。

夏月が目を瞬かせると、椎名がその時のことを思い出すようにしてうっとりと目を閉じた。

「その時僕は、たぶんひどい顔をしていたんだろうね。もう何日も眠れなくて、ご飯もろくに食べてなかった。でも他に何もする気が起きなくてただ漠然と会社に通っていただけだった。そんな僕に、その店員さんはお疲れ様ですって言ってね、あったかいカフェオレをくれて」

心臓が早鐘を打つ。

椎名が朝のカフェに毎日顔を見せるようになって、どれくらい経つのか夏月は覚えてない。もしかしたら他のバイトの子は覚えているかもしれないけれど、それでも初めてきた時のことなんて覚えて

ないだろう。それも、そんな憔悴しきった椎名の姿なんて今からじゃ想像もできない。

夏月は息を詰めて、椎名の微かな声に耳を澄ませた。

「もちろんその店員さんにとってはただのお仕事だったんだろうってわかってるんだけど、僕が思わずありがとう……って言ったら、優しく笑ってね、チョコレートをおまけしてくれたんだ。売りものじゃなくて、たぶんその子のおやつ」

当時の様子を思い出して笑い声を漏らした椎名に、夏月はあっと声をあげそうになった。

チョコレートをあげたことなら、少し覚えているような気がする。

朝食を食べずにバイトに行かなくてはいけなくてたまたまサロンのポケットに入れていたチョコレートを、お客さんにあげたことが一度だけある。それが椎名だったかどうかは、相変わらず思い出せないけど。

「一ヶ月くらいご飯食べてなかったのに、そのチョコレートを食べたらすごくお腹が空いてきてね。すぐにカウンターに戻って、クロワッサンサンドを注文したんだ。そしたらその店員さんもうれしそうに笑ってくれて」

ゆっくり瞼を開いた椎名が、深く息を吐き出す。

久しぶりに食べた食事でお腹がいっぱいになったかのような、満足そうな表情をして。

「……だから僕はその子が淹れてくれたカフェオレを飲めなくなったら困るし、その子が困っていたら助けてあげたいんだ」

「椎名さん……」

そんなつもりでしたことではなくても、それで椎名が元気になってくれたなら夏月もうれしい。

椎名にはいつもみたいに笑っていて欲しいから。

おそらく明日も出勤前には夏月のバイト先に来るだろう椎名に、心をこめてカフェオレを作らなければと思う。

「ナツくんのそういう素敵なところをわかる人が、僕の他にいないならそれでもまあ構わないんだけどね」

語尾にあわせて小首を傾げる椎名の仕種はいつも通りに戻ったようで、夏月はくすぐったい気持ちで笑った。


「はー、たくさん食べた～」

時間が遅いのにしっかりドルチェまでご馳走になって、帰宅すると日付が変わる直前になっていた。

しかしたくさん食べたと言うわりには服の上からは何も変わったように見えない腹をさすりながら椎名が玄関の戸を開けるまで、家の中は暗いままだった。

「羽生さんお休みでしょうか」

声を潜めて、椎名の背中に問いかける。

とっさにそう思ったものの、羽生がこんな時間に寝ているのは未だ見たことがない。

大体いつもこれくらいの時間はリビングのオーディオで夏月の知らないようなクラシックをかけてブランデーを飲んでいる。

「進一郎はまだ帰ってないんじゃないかなあ」

人感センサーに反応して明かりのついていく廊下を、椎名がよたよたと進んでいく。

結局ワインを一本空けてしまって、そのほとんどを椎名が飲んだ。お酒に弱いイメージはなかったけれど、いつもより少し上機嫌そうな足取りだ。

「椎名さん大丈夫ですか？　お風呂入れます？」

夏月が途中バスルームに寄りながら声を投げると、うーんとどちらともつかない返事が返ってくる。

苦笑しながらとりあえず自分のためだけにでもバスタブに湯を張り、夏月はいつもより静かに感じるリビングへ向かった。

「校了前だし、進一郎は会社に泊まるかも……」

姿が見えないと思ったら、椎名は寝言のようにぼんやりつぶやきながらソファに身を沈めている。

「椎名さん、そのまま寝ないでくださいね」

キッチンカウンターを回り込んで、冷蔵庫にあるミネラルウォーターを取りに行く。

椎名はあまり酒に強くなかったんだろうか。だとしたら、ちょっと無理をさせてしまったのかもしれない。夏月がそんなに飲めないということを事前に伝えておくべきだった。

とはいえ、柔らかな髪を乱れさせて顔を上気させて眠たそうにしている椎名の様子は、少しかわいらしい気もした。年上の男性を捕まえてかわいらしいも何もないけれど。

「校了前って、そんなにお忙しいんですね……。よく考えてみたら、書店で売ってる雑誌を作ってるなんてすごいお仕事ですよね」

二人がどんな仕事をしているのか改まって聞いてみたことはないが、どうやら音楽雑誌を作っているらしい。ただそれが羽生が普段座っているリクライニングチェアの傍らに積んである雑誌のうちのどれなのかは夏月は知らない。きっと椎名に聞けば親切に教えてくれるのだろう。羽生に尋ねる勇気はまだなかった。

「営業だってすごいよ」

リビングからくぐもった声が聞こえて、夏月は水の入ったグラスを持って足早に椎名のもとへ駆けつけた。

ソファの肘掛けに額を預けてうつ伏せになった椎名は、スーツ姿のまま脱力している。腕がだらんとソファの下に落ちた。

「椎名さん、寝ないでくださいったら。お風呂は入りませんか？　そのまま寝るなら、ちゃんと着替えて――……」

「はいる……」

子供のような舌足らずな声。

夏月は思わず笑いながらソファのそばにしゃがみ込むと、椎名の顔を覗き込んだ。

「じゃあ、ちゃんと起きてください。はい、お水です」

いつも覗き込んでくる椎名の顔を逆に覗き込むと、とろんとした眠そうな視線が返ってきた。

「――……ナツくん、お母さんみたい」

「お、」

お母さん。

思いもよらない言葉に、夏月は言葉を詰まらせて目を丸くした。

椎名ほど飲んでないとはいえ夏月だってそれなりにほろ酔い気分だったのが、一気に醒めたような気さえする。

こういう時はお嫁さんとか彼女とか、いやそう言われても驚いたかもしれないけれど、いきなり母親が出てくるとは思わなかった。

当の椎名は夏月の驚いた顔が可笑しかったのか、ソファに顔を埋めたまま肩を震わせて笑っている。静かだし人に迷惑をかけたりはしないけれど、酔っぱらいだ。

なんだか夏月は気が抜けて、しゃがみ込んだフローリングにぺたりと腰を落とした。

「もしかして椎名さんてマザコンなんですか？」

茶化すように言うと、声もなく笑っていた椎名がうん、と籠った声を返してくる。

「そうなんだ。僕こう見えて、実はすっごくマザコンなんだよ」

椎名がいつもの調子で答えるので、夏月は声を漏らして笑った。

こう見えても何も、椎名がマザコンかそうじゃないかも考えてみたことがない。

椎名がソファに腕を突っ張って、ゆらゆらと上体を揺らめかせながら重そうに起きあがる。

その下で膝を抱えて座った夏月が笑いながらその顔を仰ぐと、椎名は笑っていなかった。

「……、」

椎名は黙っていても、微笑んでいるように見える顔の造形をしている。

ちょっとよく見てみればそんなことすぐにわかりそうなものなのに、椎名がにこりともせず真顔でいることがあまりにも記憶になくて、夏月は呆けたようにその顔を見ていた。

涙袋がふっくらとしていて目が弧状になっているのと、口角が上がっているせいだ。それでも椎名が今笑っていないのはわかる。

透き通った眼が、まっすぐ夏月を見下ろしていた。

「――嫌いになった？」

「え？」

ようやく表情が動いたかと思うと、椎名は眉尻を下げて寂しそうに笑った。

「僕がマザコンだなんて、幻滅したかなと思って」

今にも消え入りそうな笑みに、ワインで掠れた甘い声。

夏月が見蕩れるように何も言えないでいると、その手からグラスを抜き取って椎名が形のいい唇を押しつけた。

水滴を浮かべた薄い透明なグラスに、柔らかい桜色の唇がゆっくり触れるのをぼんやりと眺めていてから――急に、夏月は我に返った。

「そ、っ……！　そんなことで嫌いにならないですよ、女の子じゃあるまいし！　ほら男って大体マザコンじゃないですか？　僕も母子家庭だったので、母親のことは大事に思ってますし」

椎名の唇を凝視していた後ろめたさを隠すように夏月が言葉を継ぐと、椎名がようやくいつものように笑ってくれた。

「だ、だから今回も母親に資金援助を言い出せなかったっていうか――あ、でもそれで椎名さんや羽生さんにご迷惑をかけているのでどうしようもないんですけど……」

「迷惑だなんて思ってないよ」

椎名が小さく首を振る。

さっき聞いた通り、これが椎名なりのお礼のつもりなら過ぎたことだ。夏月はそんなつもりでしたことじゃないと言っても、そんなつもりじゃなくてしてくれたことだからこそうれしかったと言われてしまう。

自分の些細（ささい）な行いで椎名が元気になって今があるのだというのは夏月としてもうれしいことだけれど。

夏月は気恥ずかしさに首を竦めて、椎名の隣に身を沈めた。

いつまでもフローリングに座り込んでいる夏月を見かねたのだろう。

ソファの上で腰を滑らせた椎名が、空けた隣をぽんぽんと掌で叩いた。

「……あ、でも」

ぽつり、と漏らした声が広いリビングに響く。

今日は羽生がいない分、妙に静かだ。

「マザコンの椎名さんにお母さんみたいだって言われるなんて、僕って好かれてるんですね」

口に出してしまうと、なんだか照れくさい。

夏月が笑って傍らの椎名を窺うと、椎名も双眸を細めて微笑んだ。

「うん。ナツくんのこと好きだよ」

甘く蕩けるような声が、すぐ隣で囁く。

自分で言い出したことなのに真正面から返されて、夏月は思わず息を詰まらせた。

男でもどぎまぎとするような端麗な顔立ちで、まるで眩（まぶ）しいものでも見るように目を細められて見つめられると眩暈を起こしてしまいそうだ。

「あ、――……あはは！　ありがとうございます！」

返す言葉に詰まって、夏月はごまかすように笑った。

心臓が口から飛び出てきそうだ。

まさか男性に好きだなどと言われたくらいでこんなに焦るなんて思わなかった。そりゃあ友達同士でふざけて好きだの何だのと言ったり言われたりしたことはあったかもしれないけど、相手が悪い。

椎名は冗談を冗談とも思わないような口調で言うから。

「あっ、お、お風呂のお湯たまったかもしれませんね」

顔が熱い。ワインのせいじゃなくて、椎名の言葉のせいで顔が赤くなっているのかもしれない。

夏月は取り繕うように慌ててソファを立ち上がった。湯がたまれば電子音が報せてくれるけれど、そうでなくてももう間もなくだ。

「ナツくん」

リビングを逃げ出そうとした夏月の手を、背後の椎名がつかんだ。

反射的に、体が強張る。

タイミング良く風呂の準備ができたと電子音が告げた。

「——ナツくんて、人に触られるのがあまり得意じゃないのかな。いつも、僕が触ると一瞬身構えるよね」

お風呂が沸いたようだと告げるために開いた唇が、震える。

意識はしていないつもりだった。

人との距離感が近い椎名のスキンシップも、大学の友達とのじゃれあいも特に身構えるようなことじゃない。

「ぁ、――……えーと、そんな、ことは」

視線が泳いで、椎名の頭上を流れていく。

「ナツくん」

無意識にこの場を逃げる口上を探そうとしていた夏月の手を、小さく揺らされる。

人に触れられるのが苦手なわけじゃない。ずっとつかまれているなら怖くはない。

ただ急に触れられるその瞬間、反射的に緊張するだけだ。

「……僕に触られるの、嫌？」

不安そうな椎名の目が、ソファから夏月を見上げている。

十以上も年上なのに、まるで仔犬のような表情だ。

もしかしたらそれが椎名の計算なのかもしれないが、そんな演技をさせていること自体申し訳なくなってしまう。

「嫌なわけじゃ、……ないです。それに、椎名さんに触られることを意識しているわけじゃなくて……誰に対しても、そうなんです」

椎名の澄んだ瞳が黙って夏月を見つめている。

その先を強要しているわけではない。だけど、促してはいる。

これ以上話したくないと言えば、椎名は手を離してくれるだろう。あるいは今後は夏月に触れることを控えてくれるかもしれない。だけど、別に触れられたくないわけじゃない。

椎名に頭を撫でられるのは、いい年をして……とは思うものの嫌な気はしなかった。

早くに父親を亡くした夏月は多忙な母親に撫でられた記憶がほとんどないし、五つ年下の妹を褒めることはあっても自分が褒められることを望んだこともなかった。

椎名はまるで年の離れた兄のように手放しで褒めて、心配してくれる。

そんな椎名に気を使わせたくはない。

それに——レストランで、椎名も過去にひどく嫌な目に遭ったことがあると聞いていたのも、夏月の背中を押していた。

「僕、あの……、中学生の時、いじめに遭っていたことがあって」

椎名につかまれた手がひとりでに震えるような気がして、夏月は緩く拳を握った。

静かに息を吸い込んで、ゆっくりと吐き出す。

人に話すのは初めてだ。高校進学時に引っ越しをしてから、昔の夏月を知らない人に話す必要なんてないと思っていたから。

椎名は黙っている。しかし静かに、受け入れてくれている気配を感じる。

「最初は友達が目をつけられて——放っておけなくて。二年生の夏くらいから、あんまり記憶もないくらい」

いじめに遭っていたなんて、それが体に焼き付いていて人に触れられるたび緊張してしまうなんてみっともないことだとわかっている。だから人に話したこともなかった。

椎名になら話してもいいと思ったけれど、情けないことには変わりがない。

夏月が首を竦めて力なく笑い声を漏らすと、つかまれた手を急に引き寄せられた。

「っ、！」

突然のことでバランスを崩して、ソファに倒れこむ。

慌てて顔を上げると、椎名の顔がすぐ間近にあった。

「っ、すいませ」

「大丈夫だよ」

椎名の膝の上に飛び込むようにして倒れこんでしまった夏月が身を起こそうとすると、椎名のもう一方の腕が肩に回ってきた。

やはり一瞬身構えてしまうけれど、椎名がぎゅっとその腕に力を込めた。

「――……今もそういうのが怖い、……というわけではないんですけど、体が勝手に反射してしまうというか」

特別悪い人間じゃなくても、集団になって見境がなくなると人は簡単に暴力を振るえるようになってしまうものだ。

そういうことを身をもって知ってしまったからかもしれない。

椎名は絶対にそんなことはないとわかっていても、体が思い知っている。

「こんなだから、彼女もできないんですよね」

膝の上に抱かれるような格好が気恥ずかしくて夏月が笑い声を漏らすと、椎名の掌がゆっくりと夏月の髪を撫でた。

いたたまれなくなって、思わず顔を伏せる。

これじゃ、兄弟どころかまるで親子のようだ。

レストランで言った椎名の軽口が思い出される。さすがに親子ほど年齢は離れていないと言っていたけれど。

夏月を落ち着かせるように頭を撫でてくれる手が心地よくて、椎名の胸に額を預けてしまいそうになる。

「椎名さ――」

膝の上に座り込んでいるだけでも恥ずかしいのに、さらに頭をすり寄せるような真似を想像するとかっと顔が熱くなってきて、夏月は取り繕うように顔を上げた。

瞬間、鼻先を柔らかいものが掠めた。

顔を近くに寄せすぎたせいで、ぶつかってしまったんだと思った。果たしてそれは確かに間違ってなかった。

ただそのぶつかったものが、唇だとは思っていなかっただけで。

夏月は目を大きく瞠った。

椎名の長い睫毛がすぐ目の前にある。

年齢を感じさせない滑らかな肌の上に伏せられた睫毛が、ともすれば夏月の前髪に触れるような距離にあった。

椎名さん、――そう呼びかけようとした唇が、うまく動かない。

あたたかいものに触れている。

夏月の後頭部を、椎名の指先がゆっくりと撫で降りた。

ちゅう、と短く吸いつくような音が聞こえる。それ以外、広いリビングに物音はなかった。

静寂とした室内に夏月の心音が大きく響くようになったのはその一瞬後、椎名が一度唇を離した後で、顔の向きを変えてもう一度近付いてきた時だった。

「――……っ椎名さ、なに、……っん、ぅっ」

今度ははっきりと、椎名の舌が夏月の下唇を這う感触がして背筋が震えた。

頭は混乱している。

反射的に椎名の胸に手をついて遠ざけようとするものの、襟足まで降りた椎名の指先で首筋を撫でられるとどうしていいかわからなくなる。

これは椎名にとって、もしかしたら頭を撫でる程度の意味しかないのかもしれない。

「ぁ、の……っ椎名さ、ちょっと、待っ」

舌の腹で丁寧に舐めた夏月の下唇を吸い上げてから、椎名がもう一度吸いついてくる。

口を塞がれてしまう前にと夏月が慌てて大きな声をあげると、ようやく椎名がうっとりとした眼を開いた。

「……なぁに？」

吐息がかかるほどの距離。甘く掠れた椎名の声がいつも聞き慣れたものと違って聞こえて、夏月は胸が疼くのを感じた。

すぐに慌てて、心の中で首を左右に振りかぶる。

いくら椎名が美しい人だからといって、彼は男だ。そして、自分も。

「な、何って……あの、えーと、これは」

キス、……だ。

そうは思っていても、いざ口にしようと思うと緊張して言い出せない。

男同士でどうして突然キスなんてしてくるんだと問いただしたいのに、椎名があまりにも堂々と悪びれないからか、これをキスだなんて思ってるのは夏月だけなんじゃないかと不安になる。

「し、椎名さん酔ってるのかも……あの、今日はお風呂に入らずに、」

「ナツくん、キスするの嫌？」

顔を逸らしながら身を離そうとする夏月に、椎名の唇がぐんと追いかけてくる。

思わず肩が跳ねて、首を竦めてしまった。

「きき、き、キスって……！」

汗が噴き出してきた。

キス。

夏月がまだ誰ともしたことのないファーストキスの相手が男だと思うと愕然（がくぜん）とするけれど、椎名だと思うと複雑な気持ちだ。

とにかく心臓がうるさいくらい騒いでいて、一刻も早くこの状況から逃げ出したい。

「僕はキス、……したくなっちゃった。ナツくんに」

まるで夢でも見ているかのような恍惚（こうこつ）とした椎名の声が聞こえたかと思うと、突然、耳に濡れた感触がした。

「っ、ひゃ……！」

ゾクゾクっと背筋が勝手にわなないてソファを揺らしてしまう。

ともすれば椎名の膝から落ちそうなくらい震えた夏月の腰を、椎名がしっかりと支えている。

「ナツくん、怖がらなくても大丈夫だよ」

知らず目をぎゅっと瞑っていた夏月の耳元で、濡れた声がした。

かと思うと次の瞬間耳に硬いものが触れて、蠢くあたたかなものが奥へと滑りこんでくる。

「ぁ、や……ちょ、っ椎名、さっ……！」

それが何なのか、目を瞑っていてもわかる。

いやいやをするように首を揺らめかせて逃げ出そうとしても、椎名は両腕でしっかりと夏月を抱いて離そうとはしない。

心臓が口から飛び出てきそうで、息が苦しい。

「し、椎名さんは、怖くな……っ、ただ、反射的にそうなっちゃうだけで、怖いと、思ってるわけじゃないです、からっ」

だからこんなことをしなくても。

夏月が必死に体を離そうとしても椎名の舌先は止まることなく、夏月の聴覚を水音で支配してきた。

「っふ……！　ぁ、や……っ椎名さ、っ汚いです……から」

椎名が酔っているだけなのだとしたら乱暴に突き放すことは避けたいし、それ以上に、椎名の腕を引き剝がそうと重ねた夏月の手から力が抜けていく。

耳に直接唾液の音が響くたびにゾクゾクとしたものが夏月の体を走る。

「汚くないよ」

吐息混じりの椎名の声が、夏月の肌を撫でていく。

こんな距離感でこんな声を囁かれたら、女性じゃなくても変な気になってしまう。椎名にその気がなくたって。

「しし、椎名さん酔っ払ってるんでしょう……っ！　冗談きついい、」

「ナツくん」

体をよじってなんとかして椎名の腕から逃れようとした夏月が声を張り上げると、腰を抱いていた椎名の腕がするりと下降した。

耳への熱も遠ざかっていく。濡れた感触は残っているけれど。

このまま解放してもらえるのかと思わず夏月が顔を上げた瞬間——椎名に、瞳を覗き込まれた。

「でも、ナツくんのここ——……勃ってるよ」

◆4

駅から徒歩三分。地下鉄の出口を地上にのぼってくるとすぐにそのマンションは見えてきて、夏月が今間借りしている部屋は十五階にある。

リビングに明かりがついているかどうかも、駅を出てマンションを見上げるとすぐにわかってしまう。

ルームシェアしているといっても生活サイクルが違ってしまってほとんど一人暮らしのようだった長谷川との生活と違って、「ただいま」と言える暮らしは夏月にとってこそばゆくもあった。

社会人である椎名と羽生の帰宅が遅い日も少なくはなかったが、それでも基本的には朝家を出て、夜帰ってくる生活だ。ただいまと言えなくてもお帰りなさいと言える。上京して以来なかなか使わなかった言葉だから、夏月は少しうれしく感じていた。

——だけど、今はちょっと複雑だ。

「た、……ただいま戻りました」

予備校のアルバイトを終えて夏月が帰宅すると、リビングの明かりがついていた。

羽生か椎名か、どちらかが帰宅しているということだ。

緊張しながら玄関を上がると、廊下の先から重いコントラバスの音が響いてきた。とたんに自分でもはっきりとわかるほど胸を塞いでいたものが落ちて、大きく息を吐き出す。

帰宅しているのは、羽生だ。

「羽生さん、ただいま戻りました」

リクライニングチェアでマーラーの交響曲に耳を傾けている羽生に、夏月が玄関で告げた蚊の鳴くような挨拶は聞こえていなかっただろう。リビングに入って改めて告げると、目を伏せていた羽生が薄く片目を開いて、小さく肯いた。

別に、ただいまと言えるからといって深い交流があるわけじゃない。

夏月にできるのは、仕事が終わって自分の好きな時間を過ごしているこの家の主の邪魔をしないことだけだ。

そもそも夏月と羽生の間で共通した話題があるわけじゃない。

椎名が連れてきた夏月を羽生は仕方なく置いてくれているというだけで、関わり合いになる必要もないと感じているようだ。

だからといって、突き放されているような雰囲気もない。

初めて会った時こそ強面で絶対に堅気の人間じゃないと勘違いしたけれど、今改めてリクライニングに身を沈めている姿を見ると、静謐(せいひつ)で張り詰めた雰囲気のある大人の男という感じしかしない。

夏月はキッチンに入ってミネラルウォーターを一杯注ぐ。それを一息で飲み干すと、頭の中が冴え渡ったような気がした。

来週提出しなければならないレポートを少し進めて、今日は早めに寝よう。

音楽に身を浸している羽生に気付かれるかどうかはわからないけれど一礼だけして自室に戻ろうと夏月がデイパックを持ち直した時、羽生が薄い唇を開いた。

「椎名と何かあったのか？」

ぐっと喉が詰まって、思わず噎せそうになる。

リビングからクラシックが聞こえてきた瞬間溶けたはずの胸の痞(つか)えが心臓で暴れ出したようだ。

「え？　何かって……」

窓辺のリクライニングチェアに掛けた羽生を振り返ると、いやおうなしに手前にあるソファも視界に入ってしまう。

イタリアンレストランで食事をした日の晩、そこのソファで椎名に触れられたのはもう一週間ほど前のことだ。

その時のことは思い出さないようにしていても、リビングに入るたびに脳裏を過(よ)ぎってしまう。

「まさかとは思うが――」

大きくため息を吐いた羽生は眉根を寄せて、うろたえる夏月からあえて視線を外したように見えた。

知らず押さえたシャツの下で、心臓が強く打っている。

あの晩、椎名は夏月の隆起した下肢を掌で何度も撫でた。

嫌だ、冗談きついですよと言って夏月が椎名から離れようとすると、今度はその唇を塞がれた。気色悪いだとか、本当に嫌悪していたら椎名を突き飛ばすことくらいできたのかもしれない。だけど夏月にはできなかった。

怖かったからじゃない。椎名への恩がそうさせたのでもない。

ただ単純に、劣情に抗えなかっただけだ。

何の自慢にもならないけど生まれて初めてキスをされて、耳の中まで舐められて、体がそうならないはずがない。それを人の手で初めて触れられて、嫌だと言うので精一杯だった。

手で、弄ばれただけだ。

最中の記憶はほとんどない。口では嫌だと言いながら椎名の白いシャツにしがみついて、首筋にキスされるがまま開かれたシャツの中に手を入れられた。

多分、あっけないくらい早く達してしまったと思う。

それもみっともなく椎名の手の中に出してしまって、ソファに零してなどもいないはずだ。

――だけどそれ以来椎名の顔をまともに見ることができない。

羽生が察しているとしたら、それだ。

「あ、あああ、あああの、喧嘩したとかじゃなくて、ええとなんていうか――……」

努めて明るい声を張り上げながら、夏月は言葉を探した。

視線が泳いでいるのが自分でもわかる。それを引き寄せるように、羽生が舌打ちを漏らした。

ぎくり、と背筋が強張って笑顔が引き攣る。

「手ェ出されたのか」

「――……え？」

苦々しい羽生の表情に焦点を合わせて、夏月は硬直した。

椎名は酔っていたんだろうと思う。

まさか好き好んで男のものに触れたいなんて思わないだろうし、ちょっとしたスキンシップ程度のことなのかもしれない――と思い込むようにしていた。

だけどもしかしたら、あるいは、という気もどこかにあった。

椎名は夏月のことを何度も好きだと囁いたし、夏月のことを心配してくれるのももしかしたら特別な好意があったからなのかもしれないと。

ここのところ椎名と顔が合わせづらかったのも、椎名の気持ちにどう応えようかなどと考えていたせいだ。

夏月は女の子を見ればかわいいと思うし、交際したいと思ったことのある同級生もいた（その子はサークルの先輩と付き合ってしまったけれど）。

だけど椎名が――と思うと、悪い気もしない。そう思っていたのだけれど。

「手、……って、あの」

呆れたような羽生の口ぶりが、夏月の胸の内を真っ黒に淀ませていく。

もしかして、椎名は誰にでもあんなことをするのか。

酔っていただけだとか、ファーストキスや初めて体に触れられたのが男性だったなんてと思いながらもどこか浮かれていた気持ちがスッと冷めていく。

呆然と立ち尽くした夏月の様子を一瞥した羽生が、もうひとつ舌打ちをして髪を撫で付けた頭を乱暴に掻いた。

「あいつは一人じゃいられねえ奴だからな……うちに転がり込んできてからは、減ったと思ってたんだが」

「っ、まさか羽生さんも……!?」

思わず身を乗り出すようにして、窓辺の羽生に目を瞠った。

ショックで混乱する頭の中に椎名と羽生がそんなことになっている図が浮かぶと、――いや、なかなか想像ができない。

「あるわけねえだろ、アホか」

しかし羽生の反応は冷ややかなものだった。

苦々しい表情に切り捨てられると急に恥ずかしくなって、夏月は前のめりになった体を萎縮させた。

「つうか、女ならまだしも男がそんなことさせるもんじゃねえ」

ぐうの音も出ない。

いたたまれなくなって夏月がその場でうつむいてしまうと、羽生がブランデーを注ぐ音が微かに聞こえてきた。

羽生の言う通りだ。

夏月に隙があったのだろうし、あんなふうに人から触られるのが初めてで頭が真っ白になってしまった。言い方を変えれば、理性をなくして劣情の虜になってしまったと言っていい。

夏月はさっきまでとは違う恥ずかしさに襲われて、ぎゅっと唇を噛んだ。

リクライニングチェアの軋む音が室内に響いた。夏月の様子を見かねたかのように羽生がみたび舌打ちをした。

「――……あいつがうちに住むようになったのは、離婚したせいだ」

夏月が驚いて顔を上げると、羽生は大ぶりのブランデーグラスを呷るように傾けて、喉を鳴らしていた。

さっき頭を掻いたせいで髪が乱れ、額に前髪が落ちている。

「離婚、……？」

結婚していたなんて初耳だ。

そもそも夏月は椎名のことを何も知らない。

それなのにあんなことをされただけで恋愛関係に発展するかもしれないなんて、飛躍にもほどがある。椎名に笑われる前に気付かせてもらってよかった。

「嫁さんにこっぴどく裏切られたらしい。詳しくは聞いてねえ」

一息で空にしたグラスに、またブランデーを注ぐ。一つだけ入っている氷は溶けて、小さくなっている。キッチンから新しい氷を持って来ようかと考えるのに、夏月の足は動かなくなっていた。

椎名がひどく落ち込んでいた、というのはその時のことなのだろうか。

とても尋ねることなんてできないけれど。

「もともと寂しがりで一人じゃ眠れないようなめんどくせえ奴だったからな。離婚した後はひどいもんだった。そのうち刺されそうでな、その手癖の悪いのをやめるんなら、うちで匿(かくま)ってやるって俺から呼び込んだんだ」

「そう、……ですか」

夏月は独り言のように、ぽつりとつぶやいた。

羽生は椎名を信頼していたんだろう。だからこそ椎名も、羽生を頼ったのかもしれない。

ソファの上でまるでしがみつくようだった椎名の腕の感触を思い出して、夏月はそっと脇腹(わきばら)を握りしめた。

＊　＊　＊

「お帰りなさい、ナツくん」

リビングで椎名に迎えられるなり、夏月は羽生の姿を探した。

羽生がいるかいないかは、リビングにテレビの音が流れていることで既にわかっていることなのに。

「た、ただいま戻りました。……椎名さん、今日は早いんですね」

今日は予備校のアルバイトがないから、家でゆっくりご飯でも食べようと思って買い物をしてきてしまった。

羽生が遅くて椎名が早いとわかっていたら、申し訳ないけど外で時間を潰していたかもしれないのに。

――こんな風に椎名を避けるのは、本当は嫌だけど。

「うん、今日は会議も早く終わったし。飲み会断って帰ってきちゃった」

軽やかな声をあげて笑う椎名は大きな画面のテレビを前に、ソファで寛(くつろ)いでいる。

そうしていると、あんなこと気にしてるのは夏月だけなんじゃないかと思えてくる。実際その通りなら、それでも構わない。

　自分がすごく流されやすい人間なんだと気付けた、それだけのことだ。

「椎名さん、夕飯は食べましたか？」

「うーん……食べたような、食べてないような」

　買ってきた豆腐や野菜をキッチンまで運びながらちらりとリビングを窺うと、ソファの前のガラステーブルにはおつまみのような菓子類が袋のまま置かれている。

「つまり、食べてないってことですね」

　夏月がわざと呆れた声を出してみせると、椎名が大袈裟に首を竦める。

　なんだか椎名と話すのは久しぶりという気がしているけれど、そう感じているのも夏月だけなのかもしれない。

　自分で意識して椎名を避けていたのに、実はこうして椎名といつものように話したいと思っていた。だから、椎名と顔を合わせないでいる時間がやけに長く感じられたのか。

　自分のワガママさに胸中で苦笑を漏らしながら、夏月はシンクで手を流した。

「今から簡単なもの作りますけど、椎名さんも食べますか？　まあ、味の保証はしませんけど」

　このマンションで暮らすにあたり、キッチンも自由に使っていいという羽生の言葉に甘えて比較的頻繁に自炊をしている。

　朝食はバイト先のカフェで、昼食は大学の学食を利用しているけれど、夕飯を安く上げるには自炊が一番だ。

「食べる食べる！　何作るの？　僕もお手伝いしようか」

すぐに椎名が立ち上がって、キッチンに向かってくる。

さっきまで眺めていたテレビには大して関心もなかったようだ。音だけ漏れ聞く限り、賑やかなバラエティ番組のようだった。

「えーと豆腐と卵と野菜を炒めて、ご飯の上に乗っける丼です」

いかにも、赤貧丼という様相で椎名に勧めるのも申し訳なくなるようなメニューだ。

だけど居候である以上、こんなところで見栄を張っても仕方がない。かといって一人で食べるのも味気ないし。

「すごいね、ナツくんオリジナルメニュー？」

キッチンに入ってきた椎名は素直に弾んだ声をあげている。

ワイシャツの袖を捲った椎名が夏月にならってシンクで手を洗おうと身を寄せてくると、思わず緊張してしまう。

人がある程度の距離より近付いてくると身構えてしまうのは今までと同じだ。何も変わったわけじゃない。だけど、一瞬椎名の手の感触を思い出してしまう。椎名の体温、唇の柔らかさも。

「――……ナツくんとこうして話すの、なんだか久しぶりな気がするね」

まずはご飯を研ごうと炊飯器を振り向いた夏月は、椎名の甘やかな声にギクリと背中を強張らせた。

椎名に背を向けていて良かった。頰の筋肉が震えて、うまく表情を取り繕えない。

「そ、そうでしたっけ？　でもほら、毎朝椎名さんの通勤前には会ってるじゃないですか」

椎名は相変わらず夏月の働くカフェで朝食を摂っている。それは夏月が避けようとしていたって――顔も見たくないというくらい喧嘩でもするような仲なら別だけれど――どうしようもない。

家でも、すれ違う程度ならいくらでもあった。

何しろ椎名の勤務時間は不定で、完全に顔を合わせずにいることなどできない。それに、そこまでする気もあまりなかった。

「うーん、でもゆっくり話せなかったし」

炊飯釜に米を計って分け入れる夏月の背中に、椎名の視線を感じる。

椎名と話せるのはやはりうれしい気もするけれど、こうして久しぶりに遭遇するとやはりあの夜のことを如実に思い出す。

酒も入っていたしあまり覚えてないような気がしていたのに、そういえば椎名の熱っぽい視線を至近距離で感じていたような気がするとか、耳元で夏月を呼ぶ声がいつもの声とは違っていたとか。

ひとりでに胸が高鳴ってきて、夏月はなんとかそれを抑えようと計量カップを握る手に力を込めた。

「ナツくん」

と、その手にふわりとあたたかいものが触れた。

知らずぎゅっと瞑ってしまっていた目を開くと、夏月は背後からの影で覆われていた。

あっと声をあげて振り返ろうとしても、もう遅い。

「もしかしてこの間のこと、……怒ってる?」

吐息の熱を感じるほど寄せられた唇が、夏月の耳朶を撫でる。

こころなしか、背中にも椎名の体温を感じるようだ。それほど密着しているのかあるいは夏月の気のせいか、もしかしたら夏月の体温自体が上がっているせいでそう感じるだけかもしれない。

計量カップを握った手がじわりと汗ばむ。

耳元で椎名の切ない声を聞くと、詳細には覚えていなかったはずの行為が鮮明に思い出されてくる。自分があられもない声をあげて達してしまったことも。

「お、怒って……っは、ないです、むしろ椎名さんに悪いことをしてしまったなと思って――合わせる顔がなくて」

「ん？」

椎名が首を傾げた。

ぴたりと頬を寄せるような距離でそうさせると、どうしても唇が耳を掠める。

夏月は過敏に反応して、その場にうずくまりそうになった。その肩を、椎名がやんわりと押さえる。

「ナツくんは何も悪いことなんてしてないよ。でも男の人にあんなことされてナツくんが嫌だったんじゃないかなって、ずっと気になってたんだ」

炊飯釜を持つ夏月の手にも椎名の手が滑ってきて、うっかり夏月が落としてしまわないように取り上げる。

まるで催眠術にでもかかったように、夏月は動けなくなっていた。

「嫌、とかじゃなくて……」

リビングのテレビの音が遠くに聞こえる。だけどそれよりももっと近くに、椎名の呼吸を感じる。

自分の心音と一緒に。

嫌ではなかった。怒ってもいない。

むしろ、椎名のことを意識しすぎている。今、この瞬間も。

「じゃあ、……気持ちよかった？」

椎名の声が笑っている。

そりゃあ、笑いたくもなるだろう。

初めてあんなところを触られた夏月は、まるで赤ん坊のように椎名にしがみついて全身をふるふる震わせながら勢いよく噴き上げてしまったんだから。

あまりに恥ずかしい記憶で、今の今までちゃんと思い出していなかったけど。

――だけど椎名の手の感触だけは、あの後も何度か思い出していた。

羽生にも、もちろん椎名にだって言えない。だけどあれ以来自室で一人自慰に耽る時、どうしても椎名に触れられたことを思い出してしまう。

椎名の囁き、息遣い、キスの味。

濡れた唇が肌に触れて吸い上げられるあの痺れるような感じや、自分の吐いた息で焦げ付きそうになっている舌を舐られる甘やかさ。

そんなことを思い出してはいけないと思うのに、どうしても思い出してしまう。だって夏月にはそれしか経験がないんだから、仕方がない。

それに、椎名の言う通り――初めてにしては贅沢すぎるくらい気持ちが良かったから。

誰としてもあんなふうなのか、椎名が特別上手なのかはわからない。

相手が男なのに贅沢だとさえ思えるなんて、相手が椎名だったからだろうけど。

「ね、ナツくん。気持ちよかった？」

低く淫靡な空気を孕む椎名の声は、だけどどこか少し悪戯めいてもいる。

夏月が口籠っていると重ねた手の指の間をなぞり、手の甲の筋、手首から腕を撫で上げて、肩から腰へゆっくり掌を移動させてくる。夏月の体の形を確かめるように。

椎名は夏月の体を服の上から撫でているだけなのに、うっとりとしたような息を短く吐いた。

「……っ、」

椎名がなぞる先から一度覚えた甘美な刺激を思い出して、夏月の背筋が疼くように震える。だけど。

夏月はぎゅっと強く目を瞑って、努めて羽生の苦々しい声を思い出そうとした。

椎名の優しい声じゃない、羽生の呆れたような声。舌打ち。

ともすれば力が抜けてまた椎名にしがみついてしまいそうになる体に、ぐっと力を込める。

「だ、――……っ駄目です、椎名さん」

あの時のような口先だけの抵抗じゃない。はっきりときっぱりと、男なんだから男らしく。

夏月は無理やりにでも声を張り上げると、今にも下肢に向かいそうだった椎名の手をつかんだ。

「どうして？」

大きく深呼吸をして、体ごとゆっくり振り返る。椎名は訝しげな表情を浮かべて、夏月を見下ろしていた。

「こういうことは好きな人とする方が、……いいと思います」

「僕ナツくんのことが好きだよ」

意を決して告げた青臭い主張をあっさり退けられて、夏月は小さく仰け反った。

椎名は面白そうにその様子を眺めながら、夏月の背後の戸棚に手をついてにじり寄ってくる。椎名の影に覆われる。まるで閉じ込められるようで、夏月は身を竦めた。

「っと、あぁ……ごめん」

膝をすり寄せるように迫ってきていた椎名が、不意に我に返ったように身を引いて戸棚からも手を離す。

急に視界が明るくなって、息もしやすくなった。

突然のことに驚いて夏月が顔を上げると、椎名が掌を見せながらゆっくりと髪に触れてきた。

――夏月が怖がっていたからだ。

きっと椎名が今まで寂しさを埋めるために「手を出して」きた相手には、今みたいに強引に押し迫っていたのかもしれない。確かにいつも温厚な椎名が急に雄っぽく迫ってきたらドキドキしてしまう気持ちは、夏月にもわかる。

だけど、人に触れられるのを怖がる気持ちが夏月にあるから。いじめられていたと少し話しただけなのに、それを思い出してくれたんだ。

ごめんね、と小さく詫(わ)びながら顔を覗き込んで髪を撫でてくれる椎名の手の優しさに、夏月はふっと肩の力を抜いた。

「……僕も椎名さんのことは大好きです。かっこいいし優しいし、憧れてます。でも、そういうことじゃなくて……」

あんなことされて嫌じゃなかったのは、椎名だからだ。それはわかる。

もしかしたら羽生に話を聞いていなかったら今だって椎名に流されていたかもしれない。

でも椎名のことが好きだからこそ、応じてはいけないと思う。

夏月は心配そうな椎名の顔を仰ぎ見て、目をしっかり見つめ返した。

「キスをしたり、体に触ったりするのは……その、特別な一人にしかしちゃいけないと思うんです」

「特別な一人？」

夏月の髪の上で、椎名の長い指先がぴくりと震えた。

眉尻を下げて夏月を窺っていた椎名の顔から、表情が消えていく。

椎名は笑っていなくても笑っているような顔の造形なんだと思っていたけれど、紙のように白くなった椎名の顔はとても微笑んでいるようには見えなかった。精巧に作られた人形のように、ただ整っているだけの無機質なものに見える。

夏月は瞬きをするのも忘れた。

「あの……？　椎名さ――」

「僕は特別にはなれない人間なんだ」

艶やかなのに血の気がなくなった薄い唇が、ぽつりとつぶやく。

それと同時に髪を撫でてくれていた手が零れ落ちるように離れて、夏月は反射的にその手を握った。

「椎名さん？　あの……」

どういう意味かと尋ねようとした瞬間、羽生に聞いた離婚の話が脳裏に蘇ってきて夏月は慌てて口を噤んだ。

完全に夏月の失言だ。

どうしよう、と全身に汗が噴き出してくるけれど、どうすることもできない。

「あ、あの椎名さんごめんなさい、僕そういうつもりじゃなくて……」

両手で握った椎名の手に力を込めて、顔を伏せる。

人の心の傷を掘り起こして、謝って済むような問題じゃないのはわかっている。だけど、今はそうすることしかできない。

「ナツくんに、――……僕の母親の話はしたっけ」

抑揚のない静かな声が頭上に聞こえて、夏月はおそるおそる顔を上げた。

椎名は少しだけ目を細めて、夏月に握られた手を引いた。それが促されているようで、夏月は椎名の手を握ったままリビングへと戻った。

「椎名さんは僕と同じ、母子家庭……でしたよね、確か」

「うん。僕の母親は結婚しないで僕を産んで、父親は誰だかわからないんだ」

ソファに腰を下ろした椎名の隣に、夏月も身を沈める。

この間の時のような密着はない。握っていた手もすぐに離されてしまった。

掌の中が、急に寒く感じる。

「僕は母親に大事に育てられたし、僕は母親が大好きだった」

椎名の声も淡々として、いつものあたたかさがない。

テレビの歓声に掻き消されてしまいそうな声を聞き逃すまいとして、夏月は慌ててテレビの電源を切った。

「でも母は恋多き女(ひと)でね。僕のことは本当に大切に育ててくれたけど、いつも彼女には恋人がいた。僕は彼女の息子でしかなかった。恋人にはなれなかった。……当然だけど」

椎名の唇から空気が漏れた、と思った。笑ったつもりなんだとわかったのは、椎名がその失敗に気付いてからだ。

——僕すっごくマザコンなんだよ、と椎名は言った。

あの時の椎名がうまく笑っていたのかどうか、夏月は思い出すことができない。

椎名が急に大きく息を吐いたかと思うと、上体を起こし、ソファの背凭れに身を預けた。天井を仰いだ格好のまま、椎名は暫く言葉を選んでいるようだった。

「……進一郎に聞いたんでしょう、僕の離婚の話」

「っ、すいません……」

聞くつもりじゃなかったというのは本当だけれど、そう言ってしまったら羽生が悪いようになってしまう。

夏月はただうつむいて、椎名の手の感触が残る掌を膝の上で握りしめた。

「別にいいよ。隠してるわけじゃないし。ちゃんと僕のことを愛してくれる女性に出会えたと思っていたのに裏切られて、僕っていう存在が本当に無価値なんだって打ちのめされていた時——ナツくんに会ったんだ」

チョコ、と付け足して短く笑った椎名は、今度はうまく笑えたようだ。夏月も上目で椎名を窺って、小さく笑った。

しかし双眸を細めたまま、椎名はすぐに虚ろな声を漏らした。

「——……どんなに寂しくても、僕は人から愛されることがないんだ。誰かの特別な一人になることは、できない」

「そんなこと……！」

だって、椎名はどんな人からも憧れの対象だ。

カフェでの同僚はもとより、夏月を迎えに来た姿を一度見たきりの予備校の教員だって、みんな椎名と仲良くなりたがっている。

椎名が見た目だけの麗人で、中身がひどい人間だというのなら夏月はこんなところにいない。

「そりゃあ椎名さんは、僕が思っていたよりも……なんていうかこう強引なところもあるし、面白い人なのかなってところも、親しくしてみてわかりましたけど、わかったから、椎名さんのことをより魅力的だって思います。椎名さんが人から愛されない理由があるなら、そんなの僕が知りたいくらいです」

夏月はまだ椎名の何を知っているわけでもない。ほとんど何も知らない。

だけど今まで接してきた椎名が全部嘘だというのでないのなら、逆に愛されない理由を教えてほしいくらいだ。

思わず身を乗り出した夏月を椎名が一瞥して、視線を逸らした。

また唇から笑みが消えている。

「僕だってずっとそう考えてきたよ。ずっと、小さい頃からね。どうしたら僕は愛されるんだろう、どうしたら愛してもらえるんだろうって。大人になって、愛を欲しがるからいけないんだって思ったりもした。だけど自棄になったところで愛されないことには変わりがない。僕は必ず誰かの、二番目なんだ」

「……そんなこと言わないでください！」

とっさに、夏月は椎名の胸にしがみついていた。

さすがに椎名が驚いたように目を瞠って、ぎゅっと唇を噤んだ夏月の顔を見下ろした。

「椎名さんが長い間感じていた孤独感を、何も知らない僕が簡単に否定することなんてできません。でも――椎名さんがこの先も自棄になるなんてことがあったら悲しいし、孤独なんて感じないで欲しいです。……僕が、そう願うことは自由ですよね」

丸く目を見開いた椎名の透き通った目に自分の必死な顔が反射しているのを知りながら、夏月はまくし立てるように訴えた。

「僕は、椎名さんのことが好きです」

「でもそれは、特別な一人じゃない」

「椎名さんにとっても僕は特別な一人じゃないですよね」

ひねくれた発言を即座に打ち返された椎名が、言葉に詰まって夏月を見下ろした。

椎名はしばらく訝しそうに目を眇めていたけれどやがて諦めたように眉尻を下げ、大きくため息を吐いた。夏月の背中にあたたかい掌が回ってくる。

「ナツくんは人に触れられるのは得意じゃないのに、自分の気持ちが昂ると先に手が出ちゃうんだね」

「えっ？　そうですか？　す、すいませ……」

慌てて離れようとすると、背中に置かれた掌でぽんぽんと叩かれてあやされてしまった。だけど見上げた顔にはいつもの見慣れた笑みが浮かんでいる。少し疲れたようではあるけれど。

「そうだよ。さっきもぎゅーって手を握ってきたし、今も」

ふふと声を漏らして笑う椎名が、嫌がっているわけではないことはわかる。

だけど急に恥ずかしさがこみ上げてきて、夏月は顔を伏せた。

「あ、あの椎名さ……」

た。

「ナツくん」

いたたまれなさに首を竦めた夏月がもう一度身を離そうとすると、椎名が近くで顔を覗き込んでき

「もし僕にとってナツくんが特別な人になったら、僕もナツくんにとっての特別な人になれるかどうか考えてもらえるのかな」

椎名の淡い色の目が、まっすぐ夏月を射抜く。

だけどその奥が不安に揺れているように見えて、夏月は顔を上げた椎名の胸に額を預けた。

「うーんどうだろう……」

「僕が孤独を感じないように願ってくれるんじゃないの？」

ひどい、と笑う椎名が夏月の背中を抱き直して、腕の中に包み込む。頭が少しあたたかくなって、椎名が夏月の髪に鼻先を埋めてるんだろうとわかった。だけど不思議と、今は緊張しない。

「椎名さんにはもっといい人がいるかもしれないし」

「ナツくんにも僕よりいい人がいるかもしれないよね」

「それはちょっとわかりませんけど」

実際、未だに童貞で恋人ができた試しもない夏月が椎名のことに口を挟むこと自体出すぎた真似だ。自分が好きになった相手が自分を好きになってくれるなんて、本当にそんなことがありえるのかどうかもわからない。

そうと言えば、椎名は僕にもわからないと言いそうだ。なんとなくそんな気がして、夏月はただ小さく笑った。

椎名の腕の中はあたたかくて、落ち着く。人とこんなふうに抱き合ったことなんてないから、不思議な気分だけれど。

「もしナツくんにいい人が現れなかったら、僕がいるからね」

ちゅっとリップノイズが聞こえて夏月が顔を上げようとすると、それを狙っていたかのように頬に唇が落ちてきた。

「ちょ……っ椎名さん、だから、こういうことは、だ」

ダメ、と言おうとした口を柔らかい唇で塞がれる。

やんわりと拒んで身をよじろうとする夏月を椎名が縛り付けるように強く抱きしめながら頬や首筋に短く吸い付いた。

「ね、ナツくん。しよう？」

暴れた夏月の片足を捕まえた椎名が、耳朶に押し付けた唇で甘く囁いた。

その言葉もどこか笑っているようで、冗談とも本気とも取れる。

「し、……っ!?　な、なにを……！」

「ナツくんに触りたい。もっと」

夏月の足をつかんだ椎名の手が熱い。

耳朶で囁く唇から熱い吐息が漏れて、夏月を焦がしているようだ。ナツくん、とねだるように繰り返しながら椎名が夏月の耳朶を口に含み、舌で転がした。

「だ、だめ……っ、です」

今度ははっきりと、背筋が震えてしまった。

夏月の体を抱いた椎名の腕にもそのわななきは伝わっただろう。一方の手で足を撫で上げながら、椎名の舌が耳に滑り込んできた。

「ナツくんのことたくさん知りたい。知ったら、きっともっと特別になるよ」

「そ、そんなこと——むしろ嫌いに、なるかも」

椎名のあたたかい腕の中で、夏月は不意に心の中に冷えたものを落とされた気持ちになって身を強張らせた。

いじめられた原因は自分にないんだとわかっていても、それでも日常的に繰り返される侮蔑的な言葉が刷り込まれていないといえば嘘になる。

キモイ、汚い、うざい、死ね。

毎日何度も複数の人間から蔑まれれば、もしかしたら自分はその通りの人間なんじゃないかと思えてきてしまう。

椎名に嫌われるのは怖い。

「ならないよ」

ぎゅっと体を縮めた夏月を解きほぐすように、椎名が頬ずりしてきた。

夏月は顔を離して、椎名の顔を改めて窺った。鼻の先が合うほど距離が近い。

男の自分が男の腕の中にいて、耳も首筋も唇も唾液に濡れているというのはちょっと信じ難いことのはずなのに、不思議と嫌な気はしない。緊張でドキドキはするけれど、怖い気持ちもない。椎名が力づくで嫌なことをしたりしないと知っているからだ。

下唇をちゅっと吸い上げて、すぐに離れる。

「僕は、ナツくんを嫌いになんて絶対にならない」

濡らされた唇をなぞる吐息のような声で囁いて、椎名はもう一度唇を啄んだ。

「好きだよ」

いつもより低めの、甘い声に告げられると頭の中が熱くなってきて、夏月は息を吸い込もうと唇を開いた。そこに、椎名の唇が寄せられてくる。

「僕は、ナツくんのことが大好きだよ」

そう囁いた椎名の唇が、次の瞬間薄く開いた夏月のそれへ押し付けられた。

しっとりと濡れた感触に肩を震わせた夏月が反射的に顔を引こうとすると、背中を支えていたはずの椎名の手が頭に添えられて、やんわりと引き寄せられる。

思わず声をあげようと震えた唇の中に、あたたかいものが滑り込んできた。

「ん、……っぅ」

それがなんだかわかる前に、背筋を甘い電流が走る。

夏月がぎゅっと目を瞑ると椎名は顔の向きを変えて、更に深く侵入してきた。

「んぁ、や……っぁ、ん、ふ……っ」

自分の舌先を舐られて初めて舌を入れられたことに気付いた夏月が声をあげようとすると、それが妙に鼻にかかった甘い声に聞こえて、かっと体が熱くなってくる。

いやいやと肩をばたつかせるが、椎名の胸を強く突き放すことができない。

それどころか強く抱き寄せられた体は椎名の膝に乗り上げて、横抱きにされてしまった。

今まで感じたこともない柔らかいものが舌に絡みついて、唾液を吸い上げていく。そのたびに夏月の体はひとりでにピクンピクンと痙攣するように反応してしまう。どんなに抑えようとしても。

「は、……っぁ、ふ……っ」

顔の向きを変えるために一度椎名の唇が離れると、唾液の糸が引いて夏月は無意識のうちにそれを啜った。自分のものか椎名のものかもわからないそれが、すごく甘くて美味しいもののように感じる。

「ナツくん、エッチな顔してる」

じゃれるように上唇と鼻先を擦りつけながら視線を上げた椎名が、微かに笑った。

「え……？」

体から力が抜けて、椎名の顔を仰ぐ瞼も重い。

椎名の胸に体を預けていると、ふわふわした気持ちになる。早く唇を塞いでもらわないと、もっと口走ってしまいそうな気さえする。

するとまるでそれを見透かしたようにタイミングよく、椎名が笑い声を漏らした。

「ナツくんかわいい」

笑った唇で短く吸い上げられる。

それだけじゃ足りなくなって夏月が唇を開くと、椎名が双眸を細めた。

「かわいいナツくんに、……もっといろんなキスを教えてあげるね」

王子様の微笑みで、魔法使いのような甘い言葉。

無意識に小さく喉を鳴らした夏月の下肢に、椎名の熱がすり寄ってきた。

「あ……っ、ちょっと、待っ……！」

椎名の部屋のベッドに体を降ろされて初めて、夏月はことの重大さに気付いた。

「ん？　シャワーでも浴びてくる？」

薄暗い部屋の中でも、椎名が自分の上に覆いかぶさっていることはわかる。

舌が蕩けてしまうのではないかというほど椎名にキスをされて頭がぼうっとして、ベッドまで抱えられてくる間もなんだか夢見心地だった。

夏月だって男なんだから決して軽くはないはずなのに、椎名はなんでもないような顔をして移動中も夏月の額にキスを落としてきたりしたから。うっかり身を委ねてしまった。

だけど。

「大丈夫だよ、ナツくんいい匂い」

椎名が首筋に埋めた鼻先をすんと鳴らすと、それだけで夏月の背筋がゾクゾクと震えた。

「ち、違……っそうじゃ、なくて」

背後に腕をついて上体を起こした夏月がベッドの上から逃げ出そうとすると、不意に首筋をちゅっと吸い上げられた。

「！」

「大丈夫。嫌なことはしないから」

椎名の手が、夏月の髪を撫でる。

間近で見上げられた目が妙に寂し気に見えて、夏月は濡れた唇を結び直した。

「ちょっとだけ、触らせて。ナツくんに触りたいんだ」

椎名は視線を伏せたかと思うと首筋に鼻先を掠めさせながら、一方の掌で夏月のシャツをたくしあげた。

「……っ、椎名、さん……っ」

椎名の手が腰からゆっくりと胸を這い上がってくる。巧みにボタンを外していく椎名の手腕に驚きながらも、素肌があらわにされていくことに緊張を覚えて、夏月は下唇を噛んだ。

「ナツくん」

顔を逸らして自分の肩口に埋めた夏月の唇を、椎名が掬(すく)い上げる。

最初は短いキスで。何度も吸い上げて夏月の顔を自分に向かせると、また舌先を伸ばしてきた。

「ナツくんも舌、出してみて」

「え、……」

妙な恥ずかしさに襲われて夏月が困惑した視線を上げると、椎名が安心させるように双眸を細めている。

室内の暗さに目は慣れてきているはずなのに、部屋の様子が何一つ見えない。目の前の、椎名しか見えない。

「……、」

椎名の唾液で解けた唇を薄く開いて、おずおずと舌を覗かせる。

さっきまで夏月の髪を撫でていた椎名の手が耳元に降りて、毛先と一緒に耳も撫でてくれた。多分、恥ずかしさで熱くなっているだろう。

弛緩(しかん)させていていいのか尖(とが)らせるべきなのかもわからなくてひとりでに動いてしまう舌が椎名の吐

息を感じるくらいまで唇から出ると、その先端に椎名が吸い付いた。

驚いて引っ込める前に、ぱくりと食まれる。

「んっ、ぅ……！」

恥ずかしさに思わず目を瞑ると、椎名の口内で自分の舌がぬるぬると舐められているのがはっきりとわかった。

「んぁ、や……っら、ぁ、っんふ、ぅ、う……っ」

体がかーっと熱くなってきて、夏月は無意識のうちに膝をもじつかせた。

リビングよりも狭い椎名の部屋の中に、唾液の音が響く。裏から舐めあげられ、舌先を擦り合わせ、唾液を嚥下されている。

そのたびに夏月は頭の芯まで痺れたように感じて、縋りつくように椎名のシャツをつかんだ。

「ん、ナツくん……もっと」

唾液の糸を引いた椎名の唇が開いたかと思うと甘えた声をあげて、夏月の唇に貪りついてくる。今度は夏月の中に椎名の舌が入ってきて、歯列の裏から上顎も、全部椎名の味に満たされていく。

息がうまく継げなくて、頭がぼうっとしてきた。

椎名の胸が夏月に体重を預けてくると、ベッドに後ろ手をついた肘が簡単に折れて、夏月は椎名のベッドに倒れこんでしまった。

「んふ、……っぅ、ん――……っぅ、あ」

耳を扱くように撫でられながらキスをしていると、体のわななきが止まらない。寒くもないのに肌が粟立って、椎名に体をすり寄せたくなる。

口内からは飲み下しきれなくなった椎名の唾液がいっぱいになって、夏月は喘ぐように息をしながら少しでもそれを漏らすまいとした。

椎名の舌も夏月の舌も、どちらがどちらのものかわからなくなるくらい執拗に絡まり合っている。

気付くと夏月も椎名を求めるように夢中で舌を伸ばしていた。

と、急に椎名の指先が動いた。

今までキスに酔い痴れて他のことを何も感じなくなっていたのに。

椎名がゆっくりと夏月の胸の上を撫でて、――突起に、触れた。

「ん、ぁっ!」

思わず大きく上体が跳ねて、高い声が鼻から漏れた。

一瞬離れてしまった唇が、すぐに椎名に塞がれて舌に吸い付いてくる。そうしていないとお互い生きていけないとでも言うかのように、自然に。

だけど一度触れられた乳首の先がじんじんと甘く疼いている。キスにばかり集中できない。体が、落ち着かない。

「ン――……っふ、ぅ……っぁ、あ……っんぁ、っ椎名さ、っ」

意識が向いていた乳首を今度はきゅうっとつまみ上げられて、夏月は体をよじりながら顔を背けてしまった。キスが嫌なわけじゃない。じっとしていられなかった。

「ナツくん、キス好き?」

気付くと、息が荒くなっている。夏月も、椎名も。

椎名に執拗に舐られた舌はまだ余韻が残っていて、唇もうまく閉じていることができない。体も熱いし、むずむずする。

「もっといっぱいキスしてあげるね」

夏月の答えを待たない、どこかうっとりとした椎名の声が少し遠くなった。

体温は、すぐそこにあるのに。

「——ここにも」

熱に浮かされたようになった夏月が椎名の姿を再び仰ごうとした瞬間、胸の上を濡れたものが舐めた。

「っ……!」

何が起こったのか気付くより先に、体が震える。

「ぁ、——……ちょっと、待って……椎名、さっ、だめ」

ちゅ、ちゅっと胸の上を点々と吸い上げた椎名の唇が、乳首に向かっている。

夏月はなんだか泣きそうな気持ちでそれを抑えようとして、椎名の柔らかな髪に触れた。でも引き剝がすことができないうちに、甘美な痺れが背筋を走った。

「——……っぁ、ひぁ、あっ……!」

尖らせた舌の先で先端を転がすように舐められると、夏月は反射的に椎名の頭を抱いてビクンビクンと小さく仰け反った。

椎名に濡らされて硬くなった乳首を口に含まれて吸い上げられると、今度はたまらずにシーツの上をのたうつ。

「んぁ、あ……っや、っ椎名さ、やだぁ……っ」

自分がまるで子供の泣きじゃくるような声をあげていることに気付いているけれど、止めることができない。嫌だといいながらまるで自分の胸を押し付けるように椎名の頭を抱いていることも。

「ナツくん、かわい」

夏月なりに力いっぱい頭を抱きしめているつもりでも、椎名は少しもじっとすることなくもう一方の乳首へ唇を滑らせながら、脇腹や足の付け根へと掌を這わせていく。

唇が触れているところだけじゃなく、椎名が肌に指先を滑らせるだけで夏月は何度も体を痙攣させた。

少し触られただけでこんなになってしまう自分がおかしいのか普通なのか、椎名が特別上手なのか、夏月にはわからない。だけど自分がひどく恥ずかしい声をあげていることはわかる。

せめてそれをこらえようとして夏月が自分の唇を手で覆った時、椎名の手が夏月の下肢に触れた。

「ふ、っ……んん、ん――……ッ」

足をばたつかせる。

シーツを蹴って、ベッドを弾ませながら逃げを打っても、もう遅い。椎名の手にはたぶんもうはっきりと夏月の膨らみがバレてしまっている。

自分の膨らみを押し隠そうとして股をすり合わせても、チノパンツの上から椎名の指が掻き上げるように動くとそれだけで夏月は腰を跳ねさせてしまう。

椎名に触れられる前からとっくに窮屈になっているそこを決して寛げるでもなく、服の上から舐めるように椎名の手が這う。一方では、きつく吸い上げて充血させた乳首に舌先をぬるぬると押し付けながら。

「ん、ふ――……っんぁ、や、っ……し、なさ……っ、はずか、し……っ」

ゆるゆると首を振りながら、自分の指を銜えるようにして口を塞いだ夏月が途切れ途切れの声をあげると椎名がふと視線を上げた。

「ナツくん、だめだよ。声、聞かせて」

指の関節を噛んで、歯列の隙間から短く息を弾ませている夏月に困ったような顔を浮かべた椎名が、ようやく乳首から唇を離して体の上を這い上がってくる。

ベッドが軋み、椎名の服が肌に擦れるだけで夏月の背筋はわなないてしまった。それを察した椎名がふと、妖しげに光る目を細める。

「ナツくんって本当、感じやすいんだね。この間もキスだけであんなにとろとろになっちゃって」

「……っ変、なんですか？　僕、……こういうの初めてだ、から……っ」

熱くなっていた体がきゅっと緊張を覚える。

夏月が変でも椎名は笑ったりはしないだろうけれど。

「ううん、少しも変じゃないよ。かわいくて、かわいくて食べたくなっちゃうくらい。……それに、」

夏月の体をのぼってきた椎名が口を塞いでいた手を取り上げて、唾液に濡れた指先を一本一本丁寧にしゃぶる。その舌の感触に、夏月は目を瞑って息をしゃくりあげた。

さっきまでその舌で舐められていた乳首が、もうむずむずしている。また触れられたくなって、痛いくらいに勃起している。

椎名が掌を伏せたままの下肢もどくどくと息衝いていて、息苦しい。心臓が締め上げられるみたいだ。

「――こんなの初めてだなんて言われたら、男は興奮しちゃうよ。ナツくんだって、それくらいわかるよね？」

不意に椎名の低い声が間近に聞こえて、夏月はあわてて瞼を開いた。と、椎名の顔を見る間もなく乱暴に唇を貪られて、濡れたままの手をベッドに押さえつけられた。

「ん、っ……！　んぁ、ふ……っん、ん」

顎を無理やり上げさせられて、さっきよりも深く椎名の舌がねじ込まれる。大きく口を開くことを強いられているのに、触れられていない時よりもずっと息苦しくない。

舌の腹をくちゅくちゅと激しく擦り合わせると、頭の芯が蕩けていく。喉を鳴らして、夏月は椎名の唾液を何度も嚥下した。

覆いかぶさった椎名の体がさっきよりも密着して、すり寄ってくる。まるで手や唇で撫でられない分、体でそうしてくれているようだ。

椎名の着けているシャツはきっとちゃんとした高級なもので、肌さわりも夏月のものよりずっといいはずだけれど、それでも椎名の掌に比べたらずっとざらついて感じる。

特に、屹立（きつりつ）した乳首に布地が擦れると痛いくらいだ。だけどその痛みさえも疼きになって、夏月は無意識に腰をよじった。

身動（みじろ）いだ夏月の腿（もも）に、熱い昂ぶりが当たる。

最初それが何だかわからなかった。

ぐいと押し返されてようやく――それが椎名の屹立だということに気付いてしまった。

「……っ！」

かっと体が熱くなって、汗ばんでくる。

椎名はまだ長い睫を伏せて、まるで没頭するように夏月の舌を貪っている。夏月の上で体を揺すりながら。

あんなにかっこよくて、綺麗で、道行く人が振り返るような椎名が欲情している。――夏月の体で？

そう思うと、夏月の鼓動でベッドが揺れているんじゃないかと思うくらい鼓動が強くなった。

男性に劣情を押し付けられているというのに、怖いとは思わない。

ただどうしたらいいのか、不安に思う気持ちはある。それ以上に、自分がどうなってしまうのかも。

「……ナツくん」

息を弾ませた椎名がゆっくりと瞼を上げて、どこか熱っぽい目で夏月を仰いだ。

その唇の端から銀糸が引いて、まだ夏月の唇と繋がっている。知らず、夏月は息を呑んだ。

「触っても、……いい？」

服の中にある夏月のものを確認するようにゆっくりさすった椎名が掠れた声で囁く。もうとっくに触られているし、あの晩だって直接触れられたのに、今更こんな風に聞くなんて。椎名の意地悪さに視線を伏せて、夏月は唇を噛んだ。

ふふ、と椎名が耳元で笑う。意地悪な自覚はあったようだ。

やがて下肢でファスナーが下ろされる音が聞こえてきて、夏月は首を竦めた。

一度されたことなんだから、気持ち良くなることは知っている。椎名が怖くないことも。嫌なことをされるわけでもない。だけど今日はこの間よりもずっと過敏になっていることも自覚している。それが怖い。

シーツの上で押さえられた夏月の手に、椎名の手が重なった。掌を解かされて、指先を絡める。椎名の顔を仰ぐと、鼻先を啄まれた。

別の意味で胸が苦しいくらいドキドキしてくるけれど、さっきまでの緊張とは少し違う。

「椎名さ、……んっ」

椎名の優しい眼差しを戸惑いがちに見つめ返した時、下肢であらわにされたものを掬い出された。熱の籠った下着から出されて外気に触れると、自分のものが既に濡れそぼっていたことに気付かされて夏月はまた首を竦めてしまった。恥ずかしさで、いたたまれない。

「ナツくん、キスしただけでこんなになっちゃったの？　それとも、乳首が気持ちよかった？」

反り返るほど緊張したそれを椎名の指先がゆっくり撫でると、全身がぶるぶるっと震え上がって夏月は息を詰めた。

「しい、なさ……っはず、かし……っ」

うわずった声が、震える。押さえられていないほうの手で口を塞ぐと、その指にキスをされてやんわりと諫められた。

「恥ずかしがってるナツくんがかわいいから、意地悪なこと言いたくなっちゃうんだよ。意地悪な僕のこと、嫌い？」

先端から根元、根元から先端へとゆっくりさすり上げる椎名の手が糸を引くほど濡れていくのがわかる。それほど自分がはしたないものを漏らしているのだろうと思うと泣きたくなってくるけれど、だからって椎名を嫌いにはならない。

肩を窄めて目を瞑ったままの夏月が小刻みに首を振ると、額に椎名の唇が降ってきた。

「ありがとう。ナツくん、大好きだよ。……一緒に、気持ちよくなろうね」

額に唇を伏せたままの椎名が囁いたかと思うと、下肢にあたたかいものが触れた。

「ぁ、……っ」

あたたかい——というよりも、熱い。

夏月のものと同じように息衝いていて、濡れている。

夏月は唇を震わせて、椎名の手を握り返す力を強くした。

「挿れたりしないから、大丈夫」

夏月の不安を感じ取ったように椎名が額から頬、耳へとキスを何度も降らせながら小さく笑った。

下肢に触れた熱いものは反り返った夏月に絡まりつくように擦り寄ってきて、ぴくぴくと震えた。

それを重ねて握るように椎名が手を添える。

椎名の熱を直接感じて、呼吸もままならないほど夏月の心臓が早鐘を打っている。

こんなふうになっているのが自分だけじゃないのが、何だかうれしい。夏月は、椎名に何をしたわけでもないのに。むしろ気持ちよくしてもらっているばかりなのに。

「ナツくんにとって僕が特別な人になったら……その時、ひとつになろうね」

夏月の耳の輪郭を丁寧になぞるようにキスをまぶした椎名が囁いて、ゆっくりと腰を滑らせ始めた。

「ぁ、っ……椎名さ……っ」

互いの先走りが混ざり合う、粘ついた音が下肢から響いてくる。

椎名のものを目の当たりにしたことはないのに、その形が感じられる。過敏になった自分の屹立で。

椎名は夏月よりもずっと大きくて、一緒に気持ちよくなろうなんて言ったのにやっぱり夏月のものを掻いてくれるようにその傘を引っ掛けてくる。

「ぁ……っふ、んぁ、あっ……あ……！」

なんとも言えない、今まで感じたことのない感覚がこみ上げてきて、夏月はぶるっとわなないた。人の手に触れられたのも椎名が初めてだったけれど、それまでは自分の手でしてきたことだ。もちろん感覚はまるで違っていて、夏月はあられもない声をあげて達してしまったのだけれど。

だけどこれは本当に初めての刺激だ。

椎名は挿れたりしない、と言っていたけれど、粘膜を擦り合わせるという意味ではセックスと同じように感じる。

第一、あの椎名が夏月に対してこんなに大きくしているなんて――意識するだけで、気が変になりそうだ。

「ナツ、くん……っナツくんも、触ってごらん？」

しばらく首筋に鼻先を埋めていた椎名が顔を上げると、その頬が紅潮している。息も弾んで、声も切なげだ。

椎名も感じているのかと思うと、夏月はそれだけでまたどぷりと下肢から先走りが漏れてくるのを感じた。

シーツの上で握られていた手を促されて、下肢に腕を伸ばす。

「――……っぁ、」

重なった二本の性器は、夏月が思っていたよりもずっとずっと熱く、今にも溶け出しそうになっていた。

　大きな椎名の手でも互いのものを両方握っていることはできなくて、反対側から夏月が押さえる。そうしたまま椎名がゆっくり腰を動かすと、夏月は足の先から頭の先まで閃光が走ったようになって、ベッドから背を浮かせてしまった。

「あ、あ……っ！　し、なさ……っ」

「ナツくん、つかまってて」

　口を塞いでいた手を椎名の背中に回して、シャツを握り締める。椎名の手は夏月の足を片方抱えあげて、ますます腰を密着させた。

「ナツくん、好きだよ。——大好き」

　耳朶を焦がすような声で椎名が言った。かと思うと次の瞬間、椎名が激しく腰を擦り合わせ始めた。まるで、本当に抽挿しているように。

「ぁ、あ……っ椎名さ、椎名さんっ……っぁ、だめ、……っだめイっちゃ、……イっちゃう、出ちゃう、っ出ちゃいます……っ！」

　互いの手の中に閉じ込められた劣情の塊が乱暴に絡み合って、しとど溢れ出した先走りが泡立つかのような水音をあげる。

　夏月はとてもじっとしていられなくて、自分でも嫌がっているのか悦んでいるのか、上体をばたつかせては痙攣に背を反らして、知らずのうちに椎名に合わせて腰を揺らめかせていた。

「ナツくん、すごい……気持ちいいよ、僕も、イきそう」

　荒々しい息を弾ませた椎名が顔を顰めて、歯を食いしばっている。夏月は椎名の背中に回した腕に力をこめた。

この間の晩は、夏月ばかり触ってもらって椎名の体がどうなっているのかを知りもしなかった。あの時は、椎名が夏月に対して欲情するなんてことはありえないと思っていたからなんとも思っていなかったけれど。

今は、椎名を少しでも満足させたい。

「椎名さ……っ椎名さん、っもっと……！」

もっと、好きなように動いてほしいと、そう言うつもりだった。

だけど夏月の言葉に驚いたように目を瞠った椎名は、次の瞬間ふっと蕩けるような表情で笑うと、夏月の体を押さえていた手を胸に滑らせた。

「ぁ、――……っや、だめ……っ！　椎名さ、……っおかしくな、……っ」

まだつんと上を向いたままの乳首を指先でつまみあげられて、夏月は声もなく断続的に痙攣した。

一瞬、達してしまったかと思った。

だけどそれはまだで、背中を丸めた椎名がもう一方の突起に貪りつくと真っ白になった頭にまたどっと血が流れ込んできた。

「んゃ、ああ、っあ、っだめ……っ！　椎名さ……っや、だめ、だめ……っイっちゃう、イっちゃうから……っ！」

「イっていいよ、ナツくん。いっぱい気持ちよくなって」

背中を抱いていたはずの手でまた椎名の頭を抱きしめて、夏月はもうはっきりと自分がはしたなく腰を揺らめかせていることを自覚した。だけど、もう止められない。

椎名に気持ちよくなってもらうはずだったのに、もう何も考えられない。

自分が鼻にかかった甘えた声で恥ずかしいことを言っていることも、手を添えた互いの劣情をより強い刺激のためにぎゅっと握り締めていることも。

「ぁ、んん、っあ――……っぁ、イク、もう、だめ、っイっちゃ……やぁ、っあ、あ――……っ！」

強く吸い上げられた乳首を、椎名の歯がやんわりと挟み込んだ瞬間。

夏月はベッドの上で何度も腰を跳ねさせながら、夥（おびただ）しい量の精を噴き上げていた。

◆5

椎名の顔がまともに見れない。

手でイかされただけでも意識してしまって避けてしまっていたというのに、ようやく話せたと思ったら今度はセックスじみたことをされて。

特別な意味などないとはいえ好きだよと何度も囁かれたことを、椎名の声を聞けば思い出してしまう。

ただいつものクロワッサンサンドとカフェオレを注文するだけの唇に意識が集中してしまう。

アルバイト中は同僚の手前、平静を装っているつもりだ。だけど、それがうまくいっているのかどうかはわからない。少なくとも今のところ、夏月の様子が変だと言われたことはない。

むしろ様子が変わったと言われているのは椎名の方で、夏月が世話になるようになってから「かっこいい常連さん」から「かわいい椎名さん」になりつつあるようだ。

年上の男性を捕まえてかわいいと黄色い声をあげる女性の心理は夏月にはわからないが、椎名がそう言われるたびにあの最中、椎名がしきりに夏月をかわいいかわいいと繰り返していたことを思い出してしまう。

しかもそれを思い出すとどこか体がむずむずするのにも、困惑した。


「おはようございます」

土曜の朝。

カフェのアルバイトが休みで珍しくたっぷりと睡眠をとることができた夏月がリビングに出ると、既に大きな窓にかかるロールカーテンは上げられ、燦々（さんさん）とした朝日が差し込んでいた。

ステレオからは静かなピアノの音が流れている。

リビングの物音が気になったことはないけれど、もしかしたらこの音楽のおかげで気持ちよく眠りすぎたのかもしれない。時計を仰ぐともう九時を回ろうとしていた。

羽生がシンプルなカットソーの上からエプロンをつけて、キッチンに立っていた。

その初めて見る光景に、夏月の眠気が一気に彼方（かなた）へと吹き飛んでいく。

エプロン持ってたんですね、とうっかり口をついて出そうになって、慌てて飲み込む。

羽生が悪い人じゃないことはわかっているものの、まだ少し、怖い。

「ああ、おはよう」

ラフな格好をした羽生は、髪の毛もいつもより適当に流している。後ろには撫で付けているものの、整髪料をつけていない髪が額に垂れてきてしまっている。新鮮だ。

「ナツ、フライパンを知らないか」

「……えっ？　フライパンですか？」

思わず見慣れない羽生の姿をぼんやり眺めていた夏月は急に尋ねられて、必要以上に大きな声をあげてしまった。

羽生が、訝しげに視線をよこす。

睨んでいるつもりはないのだろうけれど眼差しが鋭いせいで、夏月は喉を詰まらせた。

「フライパンなら、吊り戸棚の右の方に……」

キッチンカウンターに駆け寄りながらおおよその位置を指差すと、羽生は戸を開いて短く声をあげた。

「お前、ずいぶんキッチン使ってるんだな」

「す、すみません勝手に……」

カウンターに近寄ろうとした足が止まり、緊張で汗が滲む。

どうせ使うのは自分だけだろうと思って何もなかった戸棚の中を整理したり、埃のかぶった調理器具を洗うついでに使い勝手のいいように無断で置き場所を変えたりしてしまった。

居候の身なのに、勝手なことをしすぎたか。

フライパンの場所は、変えていないはずだけど。

「いや、驚いただけだ。この間まで蜘蛛の巣が張りそうになってたからな」

感心したように戸棚の中を覗き込んだ羽生が、にこりともせずに言う。

蜘蛛の巣が張るなんていうのは、さすがに冗談だろう。だけど羽生の口ぶりに対して笑い声をあげる気にはなれない。

「あ――……あの、羽生さん今日お休みなんですか」

代わりに当たり障りのない話題を振ると、ああ、と短い返事がかえってくる。

夏月が洗って仕舞ったフライパンを何度か手の中で持ち直しながら、羽生は考え事でそれどころではないという様子だ。

「……もしかして、朝食を作ろうと思ってるんですか？」

フライパンをコンロの上に置いたものの、あたりを見廻している羽生におそるおそる切り出すと、またギロリと鋭い眼光がこちらを向いた。

反射的に「すいません！」と謝ってしまいたくなる。

「ああ。……いつもお前がメシ、作ってるだろう」

「あっ、はい……勝手に使わせていただいて、その」

ありがとうございますと夏月が深々頭を下げた時、ようやくコンロに火が灯される音がした。

「だからたまには、俺も作ってやろうと思ってな」

カウンターに背を向けて卵粥ぶりだと言った羽生がどんな顔をしているのかはわからない。多分いつもと変わらない、クールな表情なんだろう。

だけど、たまに夏月が作りすぎたのでもし良かったら誰か食べてくださいと冷蔵庫に残しておいたおかずの類を、羽生も食べてくれていたのかもしれない。確かに、おかずの皿が冷蔵庫にいつまでも残っているのを見たことはなかったけど。

なんだか、照れくさくなってくる。

「ナツ、椎名を起こしてきてくれ」

「えっ？」

羽生の朝食メニューは何が作られるのか尋ねようかどうしようかと迷っていた矢先、菜箸(さいばし)を握った羽生に顎先で促されて夏月は目を瞬かせた。

不自然に過敏な反応だったかもしれない。羽生は訝しがるように眉を顰めて、フライパン片手にもう一度視線の先で椎名の部屋のドアを指した。

「あいつはまだ寝てるだろう。今日は部屋の片付けをさせる。起こしてこい。メシを食えと呼んできてくれ」

一瞬のうちに、三人で食卓を囲めるのかという初めてのことに心浮き立つ気持ちと、今は椎名の顔がまともに見れないのに……という後ろめたい気持ちで挟み撃ちにされた。

椎名は、夏月に対して特に態度を変えたりはしないだろう。だけど、夏月が椎名の部屋に入ったのなんてあの時一度きりだし。

まだ眠っている椎名を起こすということは、あのベッドに近付くということだ。

とたんに胸が激しく打ってきて、体が熱くなる。

こんなことじゃ、羽生におかしく思われてしまうのに。

「ナツ」

「は、はい！」

　羽生の乾いた声に背中を押されて、夏月は飛び上がるように椎名の部屋に向かった。

　背後のキッチンからはなにか炒めている、いい匂いが漂ってくる。さっきまで耳に心地よかったピアノの音は、今はうるさいくらい鳴り響く自分の心臓の音に掻き消されてしまった。

「椎名さん、おはようございます」

　ドアの外から、ノックとともに一声。

　これで起きてくれればどんなにかいいのに。

「椎名さん」

　もう一度大きく呼びかけると、羽生がフライパンの中を勢いよく振る音がした。

「ナツ、そんなんじゃあいつは起きねえよ。布団剝いで引きずってこい」

　はぁ、とため息とも返事ともつかない声を漏らしながら夏月は観念してドアノブを握った。

　何も別に、椎名が意識していないなら夏月が気にしすぎるのもおかしい。

　以前羽生が言っていた通り、椎名にとっては寂しさを紛らわすための遊びのうちの一つなら。ただそう思うと夏月が苦しい気持ちになるから、考えないようにしていただけで。

「椎名さん、朝ですよー！」

　迷いを振り払うように勢いよくドアを開け放って、部屋の入口で声を張り上げる。

　この一声で起きてくれれば、まだ助かる。

　だけどベッドの上の塊が少し身動いだきり、それ以上の反応はない。

　あの時はあまりにも余裕がなくて初めて立ち入った椎名の部屋を眺める余裕などなかったけれど、確かにこうして見ると羽生が「掃除をさせる」と言うのも納得の有様だ。

洋服や雑誌がクローゼットや本棚に収まりきらず、床に積まれている。

椎名は知れば知るほど、最初の印象とは違う人だ。

「椎名さん、起きてください。羽生さんが朝ご飯を作ってくれてますよ」

雑然とした部屋の様子に不思議と気が楽になって、カーテンの締め切られた薄暗い部屋に歩み入る。

ドアを開けておけばリビングからの朝日が差し込むからと照明をつけなかったけれど、夏月がベッドに辿り着く頃にはドアが自然に閉まってしまった。

音もなく閉まったドアに夏月が足を止めて振り返ろうとした時、ベッドからくぐもった椎名の声が聞こえてきた。

「ナツくん……」

半分寝言のようで、はっきりとは聞き取れない。

だけど確かに自分の名前を呼ばれた気がして、夏月は寝巻きの袖をまくって椎名のベッドに近付いた。羽生の言う通り、布団を剝いでやるつもりで。

「椎名さん、起きてくださーい！　起きないと、布団剝いじゃいますよー！」

ドアの向こうの羽生にもアピールするつもりで声を張り上げながら、わざと足音を鳴らしてベッドの椎名に歩み寄る。

実家にいた頃は妹をこうやって起こしたりもしたものだ。

それを思い出すと、椎名のベッドに近付く緊張感なんてすっかり忘れていた。

「んー……せっかく休みなんだから、あとちょっと……」

椎名の手が布団から出てきて、剝ぎ取られまいと羽毛布団の端をぎゅっと握り締めた。まるで子供みたいに。

夏月は椎名のかわいい仕種に笑いを噛み殺しながら、その布団を非情に剝いでしまおうと腕を伸ばした。

「椎名さん、観念してくださ――……、っ！」

その瞬間。

布団をつかんだ手首を捕らえられたかと思うと、思いもよらない力で引き寄せられて、気付くと夏月は肩から転げるように椎名のベッドに引きずり込まれていた。

思わず声をあげそうになった口を、椎名の掌が塞いでいる。

「……！」

布団の中に籠る、椎名の体温は熱いくらいだ。

寝乱れた前髪の隙間から椎名の妖しい瞳が夏月を覗き込んでいる。笑っているような表情は、到底寝起きとは思えない。

「ナツくんもお休みでしょ？　僕と一緒に二度寝しようか」

布団の中に閉じ込められて、甘い声を耳元に吹き込まれる。

すり寄った体は密着して、夏月の足に絡み付いてきた。

これじゃ、二度寝どころじゃない。

驚いた以上に夏月の体は硬直して、掌でやんわりと押さえられた唇をむずっと震わせた。

「観念するのは、ナツくんのほう。そんな無防備に僕に近付いてきたら、……またエッチなことしちゃうよ？」

「……っし、椎名さ……っ！」

口を塞いでいた掌をするりと頬に滑らせると代わりに椎名の唇が近付いてくる。

そのやわらかさも、甘さも、舌を強く吸い上げられたときの頭が痺れる感じも、まだ体が鮮明に覚えている。夏月の口内でひとりでに舌が震える。

それだけじゃない。ともすれば、椎名の腰に密着した下肢も頭を擡げてきそうだ。まだキスをされたわけでもないのに、その期待をしただけで。

「ふふ、ナツくんエッチな顔してる。悪い子だね」

唇に吐息がかかる距離で意地悪に囁く椎名に、夏月は瞼を戸惑いがちに伏せた。

自分がどんな顔をしているのか、知りたいような、やっぱり知りたくないような複雑な気持ちだ。

友達は童貞を捨てたらその瞬間からセックスのことしか考えられなくなるといっていたけど、夏月はまだ童貞のままなのに、椎名に触れられることをまた考えてしまっている。こんなの駄目だと、わかっているのに。

「椎、……名さ――」

あと少しの距離で重なる唇を、自分から求めて首を伸ばそうとした時。

リビングで、シンクに水の流れる音が聞こえた。

「!!」

反射的に、椎名の肩を押し返す。

そうされるとは思っていなかった椎名は簡単に夏月の腕に引き離されて、何が起こったのかわからないといった表情だ。

「ご、……ご飯！　羽生さんが、朝ご飯を作ってくれてるんです！　だ、だから、あの、僕は起こしに、きただけで」

うっかり流されそうになっていた自分が今更恥ずかしくなってくる。

扉一枚隔てた向こうには羽生がいるっていうのに。

もしあのまま椎名に流されていたら――と思うと、冷や汗が出てくる。さすがに椎名だってそれくらい考えているだろうと思うけど。

腕を突っ張って椎名の肩を押し上げた夏月が声もなく説得するように目配せを続けると、ようやく観念した椎名がため息とともに項垂れる。

「ね、早くご飯食べに行きましょう」

ベッドを転げ出て、そのまま椎名がまた寝てしまわないように腕を引く。

そういえば椎名にベッドへ引きずり込まれた時、突然のことに驚きはしたものの緊張感はなかった。

あんな形とはいえ椎名とたくさん触れ合ったおかげだろうか。今までは気の知れた友達でも、特に同性に対しては緊張を拭えないでいたのに。

「……ナツくん、朝からなんだか楽しそうだね」

わざと夏月に腕を引かれるまま起き上がったような椎名が、寝癖のついた髪を押さえながら笑う。

「だって、三人でご飯を食べることなんて初めてじゃないですか」

それに、椎名に気兼ねなく触れていられるのも少しうれしい。

なんだか胸の奥がくすぐったいような、不思議な気持ちだ。

こみ上げてくるうれしさを隠しもしないで夏月は椎名の腕を引いて急かした。早く椎名をダイニングテーブルにつかせて、それから羽生の手伝いもしたい。

皿の位置を少し変えてしまったから、今頃探し物をしているかもしれない。

急かされるままベッドから腰を浮かせた椎名が、欠伸をひとつ漏らしてから不意に背を屈める。

見上げた夏月の顔に、影が落ちた。

「おはよう、ナツくん」

いつもと変わらない、甘い声。それと同時に唇をちゅっと吸い上げられて、夏月は目を瞠った。

「……！　椎名さんっ」

完全に不意打ちを食らって顔が熱くなってしまった夏月が声をあげた時には椎名は自室のドアをあっけなく開けて、リビングに出てしまっている。

夏月はこんな顔じゃ、すぐに出られないのに。

「進一郎、おはよう。朝ご飯とか珍しいね」

「ああ、たまにはな。それよりお前、今日は部屋片付けろよ」

リビングで淡々とした会話が聞こえてくる。

夏月は頬に残った熱を掌で擦りながら、慌てて椎名の後を追った。

「ナツ、皿を出してくれ」

「あっ、はい」

案の定、羽生は皿の場所について困っていたのかもしれない。ちゃんと椎名を抑えられてよかった。

当の椎名の姿はリビングに見当たらないけれど。

椎名の姿を窺いながら夏月がキッチンに入ると、間もなくして洗面所から水音が聞こえてきた。顔でも洗っているんだろう。

「すみません、勝手にお皿の場所とか変えてしまって……」

「いや。どうせ使うのはお前だけだからな」

キッチンには、カリカリに焼いたベーコンと大きなガラスのボウルにサラダができあがっていた。まだコンロには火がついていて、卵が茹でられているようだ。

どんな皿を用意すればいいか羽生の手元を見ると、イングリッシュマフィンが切られているところだ。

夏月は平らな角皿を出して、羽生にこれでいいかと尋ねた。

「ああ。ありがとう」

羽生は椎名と違ってにこりともしないし、そもそも表情の変化があまりない。

黙っていても笑って見える椎名と違って、黙っていると怒ってるように見えてしまうタイプだろう。だけど怖い人ではないし、もちろん理由もなくいつも怒っているわけじゃない。

羽生がクラスにいるような人だったらあえて話すこともなく、友達にはならなかったかもしれない。

でもこうして接してみれば、なんてこともない。

物静かで、落ち着いた空気に慣れてしまえばきっと居心地がよくなるんだろう。きっと椎名も、だから羽生の家に来たのかもしれない。

「……お前、椎名と寝たのか？」

「は、っ!?」

半分に切ったイングリッシュマフィンをトースターに並べていく羽生の手元をなんとなしに眺めて

いたナツは、一瞬何を言われたのか理解できずに忙しなく目を瞬かせた。

今、起こしに行った時のことだろうか？　確かに二度寝に誘われはしたけど羽生もご存知の通りすぐにリビングに戻ってきたし、寝てませんと危うく本気で口にしかけて、——飲み込んだ。

「ヤったのか、って聞いてんだ」

トースターの扉を閉めてタイマーをセットした羽生が、今度はコンロにかかった鍋の中の卵を掬う。

手伝いましょうかと言おうとするのに喉から声が出てこない。

「あ、……え、っ……いえ、あの、えーと……その、ま、……まだ」

身の縮む思いというのはこういうのを言うんだろう。

冷や汗が背筋に浮かんできて、視線も定まらない。

鍋から卵を掬った羽生が、おたまを置いて夏月をちらりと一瞥した。まさに、射抜くような視線だ。

夏月が後ろめたさを感じているから余計にそう思うだけかもしれないけれど。

嘘はついてない。

挿入していないから、していないことになるだろう。

だけど何もなかったわけじゃない。それは夏月にもわかる。

少なくとも羽生に前もって椎名の手癖を聞いていたのにもかかわらず、そういう接触を持ってしまった。

——ナツくんにとって僕が特別な人になったら……その時、ひとつになろうね
椎名はあの時そう言ったけれど、まるで夏月に決定権があるかのような言い草だ。

夏月にとって椎名が特別ならば——つまり夏月が椎名を本気で好きになれば、椎名にとってそうじ

ゃなくても何かしらの関係になれるかのような。

ふと、椎名の紙のように白くなった表情が脳裏を過ぎる。

もしかしたら椎名は、自分が誰かを求めるということを恐れているのかもしれない。

だから、夏月に決定権を委ねるようなことを言ったのだとしたら――そんなのは、悲しすぎる。夏月ではなく、椎名が。

「まだ、……ね」

知らずうつむいた夏月を見下ろした羽生が小さくため息を吐いて、つぶやく。

はっと背筋を伸ばして、夏月は羽生の険しい顔を仰いだ。

「ま、まだといっても別にこれから何かあるかどうかもわかりませんし、あ、いやそれもどうかと思いますけど……」

そもそも羽生は椎名が「手癖」を改めるという約束で住まわせているんだったのに。

今更ながら恐れが襲ってきて、夏月は慌てて勢いよく頭を下げた。

「すみませんでした！」

「は？　……何が」

深々と頭を下げた夏月が頭上の声におそるおそる顔を上げると、羽生は眉を顰めて手をひらりと振ったきり、トースターで焼きあがったイングリッシュマフィンの調理を再開してしまった。

「あ、の……だってこんなの、マナー違反ですし、それに……椎名さんはそういうことをやめる約束で……」

「まあ、女はな。孕ませたなんてなったらあいつのことだからまた結婚だ離婚だって巻き込まれるだろうしな。あいつに近寄ってくる女はロクなのがいねえから」

背を向けた羽生の口ぶりは軽く、怒っている様子は感じられない。

夏月は戸惑いながら、調理を手伝うふりをして横に並び立つとその表情を窺った。

「……お前もいい加減わかってると思うが、あいつは遊ぶのに向いてねえ。本人に遊んでるつもりがねえんだ。寂しいだけだからな。だから逆に、女に遊ばれんだ。避妊しててもあなたの子よなんて言われたら、その気になっちまうんだ。そもそも、マザコンだから」

イングリッシュマフィンの上にベーコンを置きながら、夏月は思わず声をあげそうになった。

羽生の言葉は、なんだかすごく納得がいく。

椎名が以前結婚していた相手と、どうして結婚したのか離婚したのかはわからない。あの椎名に聞こうとも思えない。だけど、羽生の話で少しわかった気もする。

何よりも夏月の気持ちに配慮して最後までしなかった椎名が、どれだけ優しいかも知っているから。椎名のことだから、夏月の時のように挿入もしていない女性に子供ができたといわれても責任を取ろうとしてしまうんじゃないか、そんな気さえしてくる。誰の子であれ、自分が好きな女性が困っていたら椎名は助けてあげたくなってしまいそうだ。夏月をこの家に招いてくれたように。

笑い事ではないけれど、想像すると少しおかしくなってしまう。

もしかしたら羽生も同じような気持ちで、椎名を困ったやつだと言いながら放っておけないいんだろう。いい友達だ。

そこまで考えてから、夏月ははっと息を呑んでもう一度傍らの羽生を仰いだ。

そのいい友人関係に紛れ込んで、重大なマナー違反を起こしているのは他でもない、自分だ。

椎名がどんな人だろうと夏月が男だろうと女だろうと、ルームシェアする上で、しかもその家の中でそういった行為に及ぶなんてもっとももってはならないことだ。

「あ、あの――……すいませ」

「謝りすぎだ、お前は」

頭を小突かれて、皿の前から退く。

ベーコンを乗せたイングリッシュマフィンの上にポーチドエッグを乗せた羽生は、作ってあったソースをかけて料理を完成させていく。エッグベネディクト、というやつだろう。繊細でお洒落で美味しそうで、いつも夏月の作る適当な料理とはえらい違いだ。

「しかし、……男相手でも勃つんだな」

できあがった皿からカウンターに乗せていく羽生が、独り言のように漏らす。

皿をダイニングテーブルに運ぶためにカウンターの外に向かおうとした夏月の耳には、よく聞こえなかった。

「え？」

まずは大きなサラダボウルからと手に取った夏月がカウンター越しに聞き返すと、逡巡した羽生が眇めた目で見返してきた。

「お前は、ノンケだと思ったけどな」

やはり独り言のような、掠れた声だった。

うまく聞き取れなくて夏月がもう一度聞き返そうかどうしようか迷っていると、バスルームから足音が響いてきた。

やけに戻りが遅いと思ったら、椎名はしっかりシャワーまで浴びたようで寝間着を脱いで部屋着に着替えている。寝癖もなくなって、見慣れた椎名の姿だ。

「ん？　どうかした？」

思わず夏月も羽生も同時に振り向いたせいか、驚いて足を止めた椎名がきょとんとした表情を浮かべる。

羽生に比べるとやはり椎名は表情が豊かだ。

「何でもねえよ。早くテーブルにつけ、若作り野郎」

「なにそれひどい！」

大袈裟に胸を押さえた椎名が足をよろめかせながらダイニングテーブルにつくと、夏月はその前にサラダの取り皿を置いた。

「進一郎ひどくない？」

「ひどくねえよ。人にメシ作らせといて一人で朝風呂とか、ナツがいるからってシャレっ気出してんじゃねえ」

朝食の準備をする夏月を見上げた椎名が、キッチンからの羽生の追い討ちに首を竦める。

ポンポンと小気味のいいスピードで会話が飛び交うわりに、どちらもただじゃれあっているだけだというのがわかる。夏月は思わず肩を震わせて笑った。

「そういえば、椎名さんって何歳なんですか？　羽生さんとも同じ歳ですか？」

食事を出し終えてシンクで手を流す羽生と椎名を見比べて、夏月は軽い気持ちで尋ねた。

こうして見ると、どっしりとした威圧感のある羽生に比べて確かに椎名は若作りといえなくもないかもしれない。童顔というわけではないけれど、椎名のやわらかい印象がそう見せるんだろう。

「なんだ、年齢も知らないのか？　こいつはよん……」

「ちょっと進一郎！　まだだよ！　わーご飯美味しそうだね、いただきます！」

羽生の言葉を掻き消すように声をあげた椎名が、夏月にもさあさあと忙しなく椅子を勧めてサラダを取り分け始める。

その様子を見た羽生が、夏月の正面の椅子に腰を下ろしながら口を開けて笑った。

羽生の笑った顔を、初めて見る。

気心の知れた椎名とはそんな風にあけすけに笑うのか。

太陽の光がいっぱいに差し込む窓を背に屈託なく笑う羽生の顔を、夏月はしばらく呆けたように見ていた。

＊　　　＊　　　＊

「ただいま戻りました」

玄関を開けると、リビングに明かりがついている。

廊下は暗いままで、バスルームも使用されていないようだ。廊下の先からクラシック音楽が流れてくる。

家には羽生一人で、椎名はいないんだろう。

しばらく暮らしていればなんとなくわかるようになることだ。でも今日は出かける前に三人が一緒に暮らしている――夏月は厚意で置いてもらっているだけだけれど――という絆のようなものを感じていたから、それがわかることがなんとなくうれしい。

「お疲れ」

リビングを覗くと、いつもと同じリクライニングチェアで羽生が雑誌を広げていた。

音楽は、夏月の知らないピアノ曲だった。朝と同じ、独奏曲だ。今日の羽生はそんな気分なのだろうか。

「お疲れ様です。椎名さんはお出かけですか？」

「ああ。逃げた」

鞄を持ったままキッチンに入って水を汲もうとした夏月は、羽生の言葉に思わず声をあげた。

予備校のバイトに行く前、昼過ぎまで部屋の掃除を手伝っていたのに。

「お前が仕事に行った時のままだぞ」

見てみろ、と羽生に言われて夏月が椎名の部屋を覗きに行くと、本当にその通りだった。

不要なものはまとめて、洋服と本はあるべき場所に戻し、掃除機はかけた。だけど、本当にそれきりだ。ごみはマンションの集積所にいつでも出せるはずなのに、それも運ばれていない。

「次の休みは接待ゴルフと言ってたが、こうなってくると本当かどうか怪しいな。掃除がしたくないだけかもしれん」

椎名の部屋を見て肩を落とした夏月の背中に、羽生がため息混じりに漏らす。

会社で実態を調べてみようとまで言う羽生に夏月は思わず噴き出したけれど、当の羽生はやっぱりにこりともしない。

朝、椎名と一緒に時はあんなに気の抜けた様子で笑っていたのに。

夏月なんて羽生から見たら子供だし、友達でもないんだから当然といえば当然なのかもしれないけれど。

夏月はちょっと寂しく感じながら、椎名の部屋のドアを静かに閉めた。

「……しかし、お前は本当に休みなく働いてるな」

このままリビングで水を飲んでいていいものか、それとも自室に入ってしまおうかと悩んでいると、羽生が雑誌を閉じる音がした。

「金はうまく回せてんのか」

振り返ると、顔を上げた羽生と目が合った。

夏月の前では表情が変わらないけれど、優しい人であることはわかる。

見ず知らずの夏月が金に困ってようとなんだろうと、気にしなくても当然のことなのに。

「はい、羽生さんのおかげで」

「別に俺は何もしてねえだろ」

すぐに顔を背けた羽生が、傍らのグラスを取って口をつける。

「いえ、でも家賃が浮くのは本当に大きいし……」

それに、ここで暮らすようになって一ヶ月が経とうという頃羽生に光熱費として二万円渡そうとしたら、顔を顰めて断られてしまった。そんな金があったら貯金しろと。

確かに滞納していた家賃、強制退去にかかった費用の返済と学費、食費に加えて新しく引っ越す先の敷金礼金と家賃の二ヶ月分も貯めておかなければここを出て行くこともできない。

夏月は一時的にここに置いてもらっているだけなのだから。

「一人も二人も変わんねえよ。あいつに比べたらお前は、掃除もするしメシも作るし、手伝いもしてくれたしな」

椎名のことを思い出すように口端を下げる羽生に夏月は思わず笑った。

だけど、夏月一人の笑い声が広いリビングに響いただけだ。

なんとなく居心地が悪くなって夏月は口を手で覆った。

「まあでも、前みたいにぶっ倒れるまで根詰めんなよ」

「あの時は本当に、漫喫で寝泊りする日が続いてて……。今は、毎日あたたかいベッドで寝かせていただいてるおかげで、大丈夫です！　本当にありがとうございます」

今思い出しても、帰る家のなかったあの数十日は心身ともにつらかった。

漫画喫茶だって決して安くはない出費だし、このまま負のスパイラルに嵌(はま)ってしまうのではないか、大学を辞めるしかないのかと不安で眠れない日もあった。

本当に羽生と椎名には、お礼を言っても言い足りないくらいだ。

夏月が改めて頭を下げると、羽生が「おい」と短く呼んだ。

顔を上げると新しいブランデーグラスがこちらを向いている。

慌ててリクライニングチェアに駆け寄ってグラスを受け取ると、羽生がいつも飲んでいる高級そうなブランデーがワンフィンガー分ほど注がれる。

夏月はその美しい琥珀(こはく)色を感嘆して眺めながら、窓辺に腰掛けた。

ブランデーは正直あまり飲んだことがないけれど、羽生が勧めてくれたというのがうれしかった。

「それに、予備校のバイトは自分の夢のためでもありますから。あんまり働いてるっていう感じはしないです」

毎日眺めていても窓の外の景色は相変わらず現実味のない、ドラマみたいな夜景だ。

羽生の前で子供みたいに窓に張り付くような真似はできないけれど夜でも昼のように明るい景色を眺めながら、夏月はグラスの中のブランデーに唇を寄せた。

香りだけで酔ってしまいそうだ。だけどすごく、深みがある。なんとなく羽生のような味だと思った。

「夢？」

ぴくりと、羽生のまっすぐな眉が震えた。

「はい。僕、学校の先生になるのが夢で。今のうちから教えるっていうことを勉強しておきたいなと思って」

予備校では生徒との交流はなく、ただ授業を教えるだけだ。

だけど教師ともなればそれだけじゃない。それこそ、いじめに遭っている子を見ることもあるだろう。

そんな時、自分ならば救うことができるかもしれないという気持ちがある。あるいは自分が教師になって、あの時の自分を救いたいと、そう思っているのかもしれない。

夏月はあの時、ただ逃げることしかできなかった。転校して、誰も中学時代の夏月を知らない場所でやり直すことしかできなかったから。

「そうか」

両手でブランデーグラスを持ってうつむいた夏月に、羽生が低く答えた。

何も口にしたわけではないのに、まるで夏月の胸の中の気持ちに相槌を打ってもらったような、不思議な声だった。

「羽生さんは、編集者になるのが夢だったんですか？」

なんだか気恥ずかしくなってもう一口ブランデーを含む。少しずつしか飲み下せないけれど、妙に後を引く味だ。

羽生は組んだ足の上の雑誌を一瞥して、ふいと顔を背けた。雑誌は、英語で書かれたもののようだ。新しいものじゃなく、何度も読み込まれたような皺がある。

「いや」

雑誌を乱暴にマガジンラックに戻した羽生は、短く答えて自分のグラスにブランデーを注ぎ足した。なみなみと、一杯。

「こんなのは、ただの仕事だ。夢なんか叶えられる人間のほうが少ないからな」

吐き捨てるように言って、度数の強いブランデーを勢いよく呷る羽生の横顔に夏月は口を噤んだ。やっぱり羽生の様子が少し違う。あまり触れるべき内容じゃなかったんだろう。

謝るわけにもいかずに夏月ももう一口ブランデーを嚥下すると、静かなリビングにピアノの零れ落ちるような音だけが響く。

朝かかっていたさわやかなものとは違う、感情豊かな、うねりのある曲だ。

メロディラインはシンプルなのに、不思議と耳が吸い寄せられる。

「あ、あの、これってなんていう曲ですか？」

話題を逸らそうとして、夏月は努めて明るい声で尋ねた。

だけど、曲名が知りたいと思うのも本当だ。最近は羽生が日替わりでかけるクラシック音楽が癖になってきているように感じる。

カフェでのバイト中にも羽生のかけた音楽が流れたりすると思わずリズムを取ってしまうくらいには。

「さあ」

しかし、羽生の返事はそっけないものだった。

機嫌を悪くしてしまったのか、それとも他意はなく曲名を知らないだけなのか、夏月にはわからない。椎名ならこんな時、すぐにわかるんだろうけれど。

夏月の軽率な発言で羽生の気分を悪くしてしまったなら部屋に戻るべきなのか、どうしたらいいのかも判断できない。

言葉に詰まって夏月が琥珀の水面に視線を落とすと、リクライニングチェアが軋む音がした。

視線を上げると、羽生がコンポに手を伸ばしているところだった。

「あっ」

曲を変えようとしていると思った瞬間、夏月は思わず腰を浮かせて声をあげていた。

羽生が、驚いたようにこちらを向く。

「……僕、この曲好きです」

だから最後まで聴きたい。

もしかしたら羽生は夏月にさっさと部屋に戻れと思っているかもしれないけれど、なんとなくこの場を立ち去り難いのはこの曲がどんな風に終わっていくのか聞きたい気持ちもあった。

　重く力強い曲を奏でるピアノの音が、時に泣いているように、時に微笑んでいるように感じる。曲が終わるその時、このピアノがどんな表情を浮かべているのか知りたい。

「単調な、つまらねえ曲だ」

「そんなことないです」

　顔を顰めた羽生が睨みつけるように夏月を見ても、反射的に言い返してしまった。

「僕は羽生さんみたいに音楽に詳しくないから、ただの好き嫌いしか言えませんけど……僕は、好きですもん」

　羽生がどう思おうと。

　この曲を止めるならせめて曲名を教えてほしい、できれば奏者も。たぶんこの曲が表情豊かに聴こえるのは奏者によるところも大きいのだろう。

　コンポに伸ばした手を止めてはくれたものの引っ込めるでもない羽生に負けないように、夏月はグラスに残ったブランデーを放り込むように飲み干した。

　一瞬頭がふらついたけれど、ぐっとこらえて羽生を見返す。

「こんなもん、有名なピアニストの作品でもなんでもない。才能のないズブの素人の手慰み曲だ。曲名なんてねえよ」

　小さく舌打ちをした羽生が、ようやくコンポから手を引いて座り直す。

　ほっとするような気持ちと、曲名なんてないと言われて少し残念な気持ちもある。だけど羽生だってそんな曲を持っていて、こうして流しているくらいなんだから嫌いでもないんだろう。

夏月は羽生との睨み合いに勝利してほっと息を吐くと、冷たい窓ガラスに凭れて終局に向かっていくピアノの音に耳を傾けた。

目を閉じて聞き入ると、不思議と優しい気持ちに包まれているような、そんな気がする。

「弾いてるのが誰だって、僕には関係ないです。僕には素敵な曲に聴こえるし、すごく気持ちいいです……。ずっと、聴いていたいくらい」

羽生の言う通り技術が拙（つたな）いのかどうか、そんなことは夏月にはわからない。素人には十分すぎるくらい素敵な音色に聴こえる。

「……お前、聞く耳ないな」

呆れたような羽生の声に、夏月は薄目を開けた。

椅子の肘掛に頬杖（ほおづえ）をついて夏月を見た羽生は、困ったような顔をして笑っていた。

◆6

「進一郎が怒ったら？」

クロワッサンサンドを手にした椎名が首を傾げると、その仕種だけで店内にいる従業員を含めた女性全員がカウンターに視線を向けた。

最近の椎名は注文品を受け取った後もこうしてカウンターに掛けて夏月の働き振りを見ている。

次の客が来なければ、夏月もつい椎名に話しかけてしまうからかもしれない。

最近、出勤前の時間帯のカフェには女性客が増えてきたと感じる。夏月だけじゃなく、レジデータを見た店長も同じことを言っていた。これをバイト内では椎名効果と呼んでいる。

こうして夏月がカウンター越しに椎名と話していると、その内容に聞き耳を立てられているような気がする——というのも、すっかり慣れてしまった。

椎名が店内でうっかりナツくん大好きと口走った時こそ焦ったものだけど、その時はそれを聞いていたレジの女の子の取り乱しようもすごかったからなんとなくごまかせた。

最近じゃ椎名の王子様的なイメージは払拭され、すっかり人懐こい大型犬のような扱いだ。

夏月は椎名のことを意外な一面もあるとは思いつつ、やはり王子様のように見えているのだけれど。

「進一郎が怒ったら……うん、十日は近付きたくないくらい、怖いよ」

椎名は怒らせたことがあるのか、何かを思い出そうとするように額を押さえた後、小さく首を振った。思い出したくもないらしい。

「あんまり怒鳴ったりはしないイメージですけど……」

威圧感はすごいし、体も引き締まって見えるけれど、暴力を振るうタイプにも見えない。

夏月がガムシロップの補充をしながら言うと、椎名は大きく肯く。

「すごく静かに、冷静に怒る。正論という名の刃で容赦なく滅多刺しにされる感じかな」

椎名がどんなことで羽生を怒らせたのかはわからないが、カフェオレボウルを覗き込んで思いため息を吐く椎名のアンニュイな顔を見ているとついおかしくなってしまう。

つい昨日も、まだ部屋の片付けをしていないというのに帰りの遅い椎名を羽生が叱っているのを見ていたから。

「ナツくん、進一郎を怒らせでもしたの？」

「あ、いえ……たぶん怒らせてはいないと思います、けど」

機嫌を悪くさせたような気はする。けれど、それを思い出そうとするとその後に見せた羽生の笑った顔で頭の中が一杯になってしまう。

あの羽生が、あんな表情を夏月にも向けてくれるんだと思うとうれしくて頬が緩むほどだ。こんなことたぶん椎名に言っても共感してもらえないだろう。椎名にとっては、羽生が笑うことくらい普通なんだろうから。

「うん、別に怒ってないよ。機嫌も悪くないと思う。昨日もナツくんが作ったチンジャオロースを僕に一口も分けてくれなかったし」

僕も食べたかったのにと漏らした椎名は代わりとばかりにクロワッサンサンドの残りを口に詰め込んだ。

「え、でも椎名さん夕飯は外で召し上がってきたんですよね」

「それとこれとは別だよ？」

夏月のほうがおかしなことを言っているとでもいうような椎名の透き通った純粋な瞳に仰がれて、思わず背後の同僚を振り返った。椎名にも顔を覚えられているレジの女性アルバイトは、曖昧な笑みを浮かべただけだ。

「ええと、じゃあまた今度作っておきますね」

夏月が言うと、椎名は相変わらずふわりと花の咲くような笑顔で肯いた。男の夏月でもうっかり見蕩れてしまうような美しい顔で。

「いらっしゃいませ、おはようございます」

その時、自動ドアが開いて夏月は椎名に背を向けると拭いていたトレイを伏せた。

「いらっしゃいま——……」

振り返ると、レジに向かってきた見覚えのある姿に夏月は目を瞬かせた。たぶん、カウンターにいる椎名も同じだろう。

「進一郎？」

「羽生さん」

ほとんど同時に、声をあげる。

白いカッターシャツに濃い色のスラックス。ネクタイは締めずに第一ボタンは外している。黒い髪を後ろに撫で付けた姿に、レジの女性アルバイトは少なからず緊張していたようだ。その気持ちはわかる。夏月も初めて羽生を見た時はそのスジの人だと思ったものだ。

「なんだ椎名、まだナツんとこで油売ってたのか」

夏月の肩越しに椎名の姿を一瞥した羽生が、レジの女性に「同じもの」とだけ注文した。

さっきまで話題に上っていたもう一人の同居人を目の当たりにした女性アルバイトは好奇心を隠しきれない目で夏月をちらちらと窺ってくる。

確かにこの人だよと短く肯き返すと、夏月はカフェオレを作り始めた。

「進一郎、ここ知ってたっけ？」

「いや。ただ、ナツが転がり込んでくる前からお前がメシ食ってる店は知ってた」

羽生の答えに対する椎名の反応は、なぜか不満げだ。

椎名は夏月と話している時よりも羽生と一緒の時のほうがずっと子供っぽくなるから、椎名ファンで店に通っている女性客はますます目が離せなくなるだろう。始業時間に影響を与えていないか気になる一方で、店の回転率も気になる。

「羽生さん、お砂糖使いますか？」

「いや、いらねえ。ああ、あと俺は持ち帰りで頼む。椎名ほど暇じゃねえんだ」

そう言って、羽生がふはっと息を吐くように笑う。トレイに用意しかけた注文品をテイクアウト用の紙袋に入れなければいけないのに、思わず夏月は羽生の顔を仰いでしまった。

いつも険しい顔をしている羽生がほどけるように笑うと、つい目で追ってしまう。

「そうだ、ナツ。お前今日バイトのあと時間ないか？」

「え？」

笑う羽生を無意識に見上げた視線を見返されて、ドキンと夏月の胸が跳ねた。

椎名に同じことを言われるのなら、もう慣れている。何度も一緒に食事にも行ったし。だけど羽生とは家でしか顔を合わせたことがない。こうしてカフェで会うだけでも、なんだか変な感じがする。

「えっと……授業が終われば、今日は帰るだけですけど」

「何時頃だ？」

会計を済ませた羽生が夏月の前に移動してくる。クロワッサンサンドを紙袋に入れて、さらに手提げにも入れるかと尋ねると手をひらりと振って断られた。

「お昼過ぎには」

今日の授業は二限までだけれど、その後レポートの提出がある。それさえ終われば予備校のバイトも今日はない。

　注文品を差し出して答えると、羽生が腕時計を確認してから肯いた。

「そうか、じゃあちょっと付き合え」

「進一郎、僕のナツくんナンパしないでよ」

「お前のじゃねえよ。じゃあナツ、後で連絡する」

　手短にそう言って、羽生は嵐のように店を出て行ってしまった。

　後に残された夏月も椎名も、様子を窺っていた女性客もみんな、ぽかんとするしかない。

　とりあえず夏月には、後で連絡があるようだけれど。

　レジに立った女性アルバイトから、後で説明を求めるという視線を感じる。たぶん、背後の椎名も同じ顔をしているような気がした。


　二時に大学の正門前で、と羽生から連絡が来たのは、二限が終わる頃のことだった。

「森本、お前今日サークル寄ってく？」

　同じゼミのレポートを提出するために厚生棟で学内イントラネットを繋いでいた友人に尋ねられて、夏月はちょうど開いていた羽生からのメールを隠すように閉じた。

「あ、いや。ちょっと今日は用事があって」

　後で連絡すると言っても時間と場所の指定だけ。用事もわからない。羽生らしいといえば、らしい気もする。

用事はなんですかと聞き返せばちゃんと答えてくれるだろうこともわかっていて、なんとなく聞いていない。

あの羽生が夏月に一体なんの用があるというのか、もうちょっと考えていたくて。ヒントがなさすぎて到底解けそうにない謎々だけれど、どんな答えも楽しそうだ。

「お前、………まさか、デート？」

「なわけないだろ」

友人の浮かべた驚愕の表情に、思わず噴き出す。

大学やバイト先くらいでしか女の子と出会う機会はないし、彼女たちにとって夏月は恋愛対象にはならないらしい。仲はいいけれど、夏月も特に親しくなりたいと思う子はいない。

椎名の言葉を借りるなら、特別な一人、というやつだろう。

同世代の女の子に対してそんな感情を覚える日が果たしてくるのかどうかもわからない。

うずくまって、鼻から止まらない血を掌で受け止めている夏月を遠巻きに見ていたクラスメイトの女子たちの姿がどうしても重なってしまう。今隣にいる友達と呼べる相手だって同じだ。

友達ならいい。でも親友にはならない。特別な相手には。

いじめを受けていたのなんてもう六、七年も前のことだ。だけど夏月には他の人との間に、目には見えない薄い皮膜のような隔たりを感じる。

だから、納めていたはずの家賃を使い込んで長谷川が姿を消したと知ってもあっさり納得できたんだろう。

他人は所詮、他人だと思う気持ちがどこかにある。

「送信完了、っと」

だけど一緒にいれば楽しいし、くだらないことで笑い合うこともできる気の合う友人が勢いよくエンターキーを押してノートパソコンをシャットダウンした。

夏月も無事にレポート提出完了だ。ディジタル時計は一時五十分を指している。

夏月は慌ただしくパソコンをしまうと、デイパックを背負った。

「じゃあ、僕行くね」

「おう、お疲れ。デートがんばれよ～」

もう一度携帯電話で羽生からのメールを確認しようとした夏月に、ニヤついた友人が手を振った。

「だ、……っデートじゃないって！」

そんな誤解をされたまま、正門前で羽生と落ち合う姿を見られでもしたら困る。羽生に迷惑だ。

呆れながらも律儀に否定すると、夏月の顔と携帯を交互に見た友人が首を竦めた。

「超楽しみ早く会いたい、って顔に書いてあんよ？」

「！」

思わず、頬を掌で擦る。

確かにそれは、否定できない。

＊　＊　＊

「こんなこと急に頼んで悪かったな。助かった」

帰り道、羽生は珍しく締めていたネクタイに指を入れて緩めながらため息混じりに言った。

あたりは夏月が今まで降りたこともないような高級住宅地だ。綺麗に手入れの施された庭付き一戸建てが立ち並ぶ風光明媚な遊歩道を歩きながら、夏月は勢いよく頭を振った。

「いえ、滅多にない経験させてもらって、こちらこそありがとうございます！」

夏月がキャンパスを出るなり迎えに現れた羽生は、これから雑誌の取材に行くから付き合えと言って夏月をこの住宅地までつれてきた。

編集部がみんな出払っていて、人手が足りないのだという。

突然のことに驚いたものの、バイト代も出すとまで言われると夏月は弱い。

お金なんかは出なくても、日頃お世話になっている羽生に何か手伝えることがあるならという気持ちでついてきたはいいのだが。

「……でも結局僕、何のお手伝いもしませんでしたけど」

取材相手は、まだ有名ではない若い男性ピアニストだった。

先日のコンクールの結果を受けてどう感じたか、これからの展望について、コンサートの予定など。取材する相手の下調べもなければ音楽の世界もわからない夏月には何を見ればいいのかすらわからなかった。もちろん質問も聞き手も、羽生がするのだから夏月は後ろに座っていれば良いだけだったのだけれど。

その後、一曲弾いてもらってその写真を数枚。

カメラを持ったのも羽生だし、夏月にできたことといえばせいぜい羽生に指示された通りレフ板を傾けたことと、メモリーカードの交換くらいだ。

どうしても必要な人員だったとは、到底思い難い。

たぶんピアニストの男性も夏月のことを不思議に思っていたに違いない。ただの社会見学に来た学生だと思ってくれていい。せめて取材の邪魔になっていないことを祈るばかりだ。

「いいんだよ。お前には、ただあの演奏を聴いてもらいたかっただけだ」

「？」

腕時計を見下ろてから首をぐるりと回した羽生の横顔を仰いで、夏月は目を瞬かせた。

取材相手の演奏は、生まれて初めてプロのピアニストの演奏というものを生で聞いた夏月には感動的なものだった。演奏者本人の自宅での取材ということで、リラックスしている様子も感じられた。だけど、羽生が特別夏月に聴かせたいと思うほどの何かは、汲むことができなかった。

夏月がきょとんとした顔を浮かべていると、それを羽生の鋭い目が一瞥する。

「――お前は無名のピアニストのほうが好きみたいだからな」

「っ！　違いますよ！」

こらえきれなかったというようににやりと口端を歪めて笑う羽生に、思わず夏月は背中を叩いていた。

叩いてからはっとしたけれど、羽生は声をあげて笑っていて、気にしたそぶりもない。

以前はあんなに緊張した羽生相手に、自分がリラックスしているのを感じる。思わず触ってしまった手をそっと握り締めて、夏月ははにかんだ。

ナツくんは人に触れられるのは得意じゃないのに自分からは手が出るんだねと笑った椎名の言葉が脳裏を過ぎる。

何にせよ羽生が気にしていないならいい。

最初は強面だとばかり思っていた羽生が屈託なく口を開けて笑っている。その顔を横目で見ていると、ふと羽生がこちらを向いて目が合った。ドキンと鼓動が跳ね上がる。

「で、どうだった？」

「え？」

「演奏」

もう間もなく帰宅ラッシュが始まろうかという駅に着くと、羽生は何も言わず改札を通った。

このまま羽生は編集部に戻って、夏月は家に帰るんだろうか。なんとなくもの寂しい。

これが椎名だったら、ご飯でも食べてからと言うんだろうけれど。

羽生は勤務時間中なのだから夏月から誘うわけにもいかない。

もう少し時間がゆっくり過ぎれば良いのにという夏月の気持ちに反して、ホームにはすぐに電車が滑り込んできた。

「僕は音楽の授業とかでしかピアノの生演奏とか聴いたことなかったので、すごいなあと思いましたけど……」

電車に乗り込みながら夏月が言葉を選んでいると、その間羽生はまるでそんな表情を観察するかのようにまっすぐ視線を向けてきた。

切れ長の鋭い目つきは今でこそ怖くはないものの、やっぱり迫力があって身に突き刺さるように感じられる。

羽生の前では嘘をつくことなんて考えられない。

夏月は心苦しいながらも、思った通りのことを口にした。

「――すごく上手でしたけど、普通かなって思いました」

頭上でぶはっと息を噴き出す音がしたかと思うと、吊革をつかんだ手の一方で口を覆った羽生が肩を震わせて笑っている。

「っくく……いくら無名とはいえ、あいつ一部じゃ新進気鋭のピアニストって期待されてんだぜ？　形無しだな」

「す、すいません……！　いや、僕の聴く耳がないだけだと思いますけど！」

正直、羽生の家で世話になるまでクラシックなんて好んで聴いたこともなかった。好き嫌いはあっても、良し悪しなんてわかるわけがない。

どうして羽生が夏月を取材につれてきたのか本当のところはわからないけれど、たちの悪い意地悪にも思えてきてしまう。

「……僕は、この間のピアノのほうが好きかな」

吊革につかまった腕に顔を伏せて笑い続けている羽生に唇を尖らせて、夏月はつぶやいた。

今日聴いたピアノは抑揚も大きくて、きっと譜面通りに最大限の表現ができてるんだろうという気はした。だから評価されてるんだろうということもわかる。曲名はわからないけどショパンの曲だと言っていた。

この間羽生が素人の作った曲だと言って途中で消そうとしたピアノ曲はオリジナルらしいし、比較するようなものでもないのかもしれない。

でもやっぱり、夏月には今日のピアノは綺麗に区画整備された作り物の町で育ったお利口な坊ちゃんの、行儀のいい音楽に聞こえた。

優雅で、繊細。だけど、人の心の腹の底から滲み出てくるポジティブなだけじゃない感情が、あの奏者に表現できる気はしなかった。

「お前、……」

視線を伏せていじけた夏月に、ようやく笑うのをやめた羽生がぽつりと漏らした。その顔を仰ぐと、おかしなものでも見るように目を眇めた羽生の頬が、少し赤いような気がした。

「？　羽生さん、顔が——」

袖口に顔を伏せて笑っていたせいかもしれない。夏月が首を傾げて羽生の顔を覗き込もうとした時、駅に停車した電車の扉が開いて学生がどっと乗り込んできた。

賑やかな男子学生の集団を避けて羽生が体を避け、夏月も座席の横の手すりに身を寄せるように詰める。

降車駅まであと一駅とはいえ、時間が悪かった。会社員の帰宅ラッシュより早く、学生の帰宅時間に重なってしまったようだ。

混んできましたね、と言おうとして夏月は顔を上げた。

「あれ？　……もしかして森本？」

その顔を、体の大きな男が覗き込んでくる。

夏月は大きく目を瞬かせて、息を呑んだ。

「森本だよな？　うわー！　超マジ、偶然！」

男は車内中に聞こえるほどの大きな声を弾ませた。

反射的に電車を降りようとしたが、開いた扉は夏月の立っているのとは反対側だった。それも、もう閉まろうとしている。発車を告げるホームのベルが、まるで警告音のように夏月の脳内に響いた。

「なに？　知り合い？」

男と一緒に乗り込んできた友達が夏月の顔を一瞥して尋ねる。

彼らは二人とも同じような服装をして、明るく脱色した髪をつんつんと立てている。

「そうそう。中学ん時のドーキューセー。ってか森本も東京出てきてたの？　あ、大学？」

様子を窺っていた羽生が、男の言葉に納得したのか、怪訝な視線をやめて窓の外を向いた。それどころか、夏月と男の間に立つことを居心地悪くするように体をずらそうとする。

夏月は、震える手で羽生のスーツのジャケットを握り締めた。

「マジかー、森本成人式とかこねーんだもん！　超見たかったわー、森本の紋付袴(もんつきはかま)姿とか！」

ぎゃっはっはと割れるような笑い声を浴びせられて、夏月は顔を背けた。

頭から血が下がって、体が冷えていくのを感じる。

あと一駅。次に電車の扉が開けば、「僕ここだから」と言って別れれば良いだけだ。

僕ここだから、と心の中で何度も練習する。自然に、気持ち悪くなく、卑屈にもならずに言えるように。

自分が今どんな顔をしているのかもわからない。汗が額に浮かんでいるように感じるけど、それを拭う手も上げられない。

一駅が長い。

「森本何大行ってんの？　なあお前、大学ではいじめられてない？」

「！」

ぎくり、と自分の体が鋼のように強張るのを感じた。

無意識にスーツを握り締めた羽生の顔が、怖くて仰げない。自分がいじめられてたなんて、こんな形で羽生に知られたくなかった。

頭がぐるぐる回って、気持ちが悪い。

こんなところで座り込んだりしたらまた同じ目に遭うかもしれないと怖くなってくる。

「なに、お前いじめてたのかよー。サイテーじゃん。イジメダメ、ゼッタイ」

「ばっかちげーよ、俺はしてねーんだって！　他のやつらがさー、森本はサッカーボールだとか言って」

夏月は目をぎゅっと瞑って、唇を噛んだ。

耳を塞いでしまいたいけど、体が思うように動かない。昔と同じだ。

最初はわけもわからないまま罵詈雑言（ばりぞうごん）を浴びせかけられて、昨日まで友達だったはずのクラスメイトに汚いものでも見るかのように扱われて、一度暴力が始まってからは止まらなかった。その時には夏月は抵抗する気力もなく、体は思うように動かなくなっていた。

中学校の時のアルバムはもう捨ててしまったから、男がクラスメイトのなんていう名前だったかも思い出せない。思い出したくもない。

電車が駅に着かない。このまま永遠にこの中に閉じ込められてしまうんじゃないかという焦りさえ感じる。

電車に乗っている他の乗客も夏月を見ているかもしれない。

恥ずかしさと惨めさと恐怖感で、息苦しい。

「ナツ」

硬直した夏月の顔を覗き込もうとした男が肩にぶつかった瞬間、羽生が掠れた声をあげた。

同時に、男から退かされそうになった身を乗り出して夏月の肩を抱く。扉に背を向けた夏月は羽生によって男から遮られて、少し、呼吸が楽になったような気がした。

「え？　……あ、ども」

羽生の顔を仰いだのだろう男の声が小さくなって、それきり潜められた声に変わる。

友達同士で交わされてるのだろう会話の端々に、やくざ、とか不穏な単語が聞こえる。夏月を庇ってくれた羽生がそう勘違いをされるのは嫌なのに、反論もできない自分が悔しい。

「大丈夫か」

扉の前に閉じ込めた夏月だけに聞こえるような小さな声で、羽生が囁いた。

こんなの大丈夫ですと笑って返せればどんなにかいいか知れない。だけど、小さく肯き返すので精一杯だった。羽生のスーツを握り締めた手の震えが止まらない。スーツを離したくても、指が思うように開かない。

「もうすぐ着くからな」

羽生の手が、夏月の強張った肩をゆっくり撫でてくれた。

それに合わせて深呼吸したいのに、冷たくなった唇を噛み締めることしかできなかった。

夜が来る。

さっきまで夕暮れ色に染まっていた窓の外の景色が鮮やかな群青色に塗り潰されていくのを、ソファにうずくまった夏月は眺めていた。

「……落ち着いたか」

電車を降りてからも、羽生のスーツをつかんだ夏月の手はなかなか解くことができなかった。

強張ってしまった指をもう一方の手で一本ずつ無理やり開いて離すことができた夏月が羽生の顔を仰いで笑って見せようとすると、今度は逆に羽生の手に引っ張られてしまった。

「俺も一度家に戻る」

——そう言って、羽生はまるで忘れ物でも思い出したかのように足早に家へ戻ってきた。夏月をつれて。

「すいません、……羽生さん、お仕事中でしたよね」

「気にするな」

ソファの上で膝を抱えた夏月は、隣に座った羽生の顔に視線を上げようとして、諦めた。

まだ体が思うように動かない。

こんなのは気のせいだと、今ではわかる。

自分の体が思うように動かないなんてことはないし、かつてのクラスメイトは夏月をいじめたことなんてたいしたことだと思ってないし、また同じような状況になることはない。もしなったとしても、夏月は他人に助けを求めることも、その場から逃げ出すこともできる。

怖がることなんてないんだと気持ちの上ではわかっているのに、体に染み付いた恐怖心が拭えない。

「暗くなってきたな」

そうですねと答えようとした瞬間、隣の羽生が身動いで、とっさに夏月は手を伸ばした。

無意識だった。

羽生が目を少し瞠って夏月を見下ろし、浮かせようとした腰をソファに沈める。

たぶん、羽生は部屋の明かりをつけようとしたんだろう。リモコンはダイニングテーブルの上だ。距離にして、数メートルもない。だけど夏月の体が勝手に動いて、羽生のスーツをつかんでしまった。

さっきようやく離すことができたばかりなのに。

羽生だって仕事に戻らなければいけないのに。

「すい……ません、あの」

ごまかすように笑おうとしたけれど、震えた唇から息が漏れただけだった。

急いでスーツから手を離そうとすると、夏月が指を解くより先に羽生がその手をつかんだ。

「謝る必要はない」

羽生の手に包まれた夏月の手は不思議と強張りが解けて、あっけなくスーツを離すことができた。

まるで駄々を捏ねる子供のようだ。気恥ずかしくなってうつむいていると、羽生は夏月の手を握ったままソファの背凭れに身を預けた。

別に何を聞こうともしない。ただ夏月が落ち着くまでいつまでも隣に座っていると言ってくれているようで、胸がいっぱいになる。

「――僕、中学生の頃いじめに遭っていて……」

独り言のように夏月が話し始めても、羽生は相槌も打たない。しかし手の中に包み込んだ夏月の指先が震えると、わずかに力をこめて握ってくれた。

「わ、わかりやすいいじめだったんですけど……でん、電車の中で言われてたみたいな、……殴ったり蹴られ、たり」

さっきまでは笑おうと思っても笑えなかったのに、今度は小刻みに痙攣する唇が緊張と弛緩を繰り返して引き攣った笑いを浮かべたようになる。

時折息をしゃくりあげるようになって、夏月は一度自分の口を塞いだ。

中学生の時も一度こんな風になって、それが気持ち悪いと嘲笑された。

「あ、あの、うち父親がいなくて、……母親がはた、働いていたので……僕が怪我をして、てもあんまり気付かれなくて」

「学校は休まなかったのか？」

夏月の様子に身を起こした羽生が、握った手を放そうとした。

「っ、」

夏月が顔を上げると、すぐに羽生が手を重ねてくれる。

いつも険しい顔を浮かべた羽生が逡巡するように表情を曇らせたかと思うともう一方の腕を伸ばして、夏月の背中を撫でてくれた。

遠いほうの手で背中をさすられると羽生の胸に頭を埋めて抱き寄せられるような格好になってしまうけれど、夏月はこの方がずっと落ち着いた。

羽生にみっともない顔を見られずに済むし、狭いところにうずくまっているほうがなんだか安心できる。

「妹がいて……、僕が学校を休むと心配する、から」

背中をゆっくり撫でられていると、吃音は少し収まってきた。

口を塞いだ手の下で息をしゃくりあげて、目をぎゅっと瞑る。

「結局、病院行かないと治らないような怪我を、して……母親にバレて、ひっこ、引っ越したん、ですけど」

中学三年の夏に骨折をして病院に運ばれて、退院してからは学校には行かなかった。

金属バットで折られた大腿骨は未だに天気が悪くなると痛んで、夏月は高校で友達と呼べる相手ができてからもしばらくの間は走ることができなかった。

羽生との間に抱きかかえるように立てた膝が、痛むような気がする。骨がぎしぎしと軋む。電車で会った男の名前は思い出せないけれど、夏月が骨を折られた時その場にいたんじゃないだろうか。

どうして夏月が中学を卒業してから引っ越して、成人式にも行かなかったのか、知っているはずだ。

あの時、何度もバットを振り下ろされて折れるまで殴られた夏月の足が耐えられないくらい痛んでくる。

「ナツ」

羽生に握られた手を解いて足を押さえると、まるで血の通わない義足のように冷たくなっている。

だけど痛みはしっかりあって、足の先から頭の天辺まで痛みが走って脂汗が浮かんできた。

「おい、ナツ。大丈夫か」

顔を覗き込もうとした羽生が夏月の肩をつかもうとするのを、頭を強く振って拒む。

息が苦しい。

ズキンズキンと痛む足を抱え込んで羽生のスーツにしがみつくと、頭上で羽生が何度も夏月を呼ぶ声が聞こえた。

夏月は浅くなった息を喘ぐようにしゃくりあげて、唇を噛み直した。

顎先に冷たいものが滴る。汗なのか、涙なのかもわからない。

足が痛い。息が苦しい。

「ナツ、息を吐け！」

どこか遠く聞こえていた羽生の声が急に怒鳴りつけてきて、優しく撫でられていた背中を叩かれる。

ビクン、と大きく体を震わせた夏月が顔を上げると、熱いもので唇を塞がれた。

「――……！」

声にならない声をあげて自分を縛り付ける力から逃れようと、足をばたつかせる。だけど背中を強く抱き寄せられて、身動きが取れない。

いやいやと首を振って顔を逸らそうとすると、羽生が一度唇を離して顔の向きを変えてからもう一度夏月の口を塞いだ。

そうされてようやく夏月の呼吸を止めたのが羽生の唇だったことに気付いて、夏月は目を瞠った。

瞼を閉じた羽生の顔が、すぐ目の前にある。

まるでただ目を閉じて音楽に聞き入っている時と変わらないようなのに、こんなに夏月のすぐ近くにあって、しかも唇が重なっている。

一瞬で夏月の頭は真っ白になって、気付くと足の痛みはどこかに消えていた。

どれくらいそうしていたのかわからないけれど、やがてゆっくりと唇が離れた時には羽生の掌はまた優しく夏月の背中をさすっていて、息苦しさも嘘のように治っていた。

「――……」

ぎこちなく目を瞬かせた夏月の顔を胸に押し付けるように、羽生が抱き寄せる力を強くした。

思わず勢いよくワイシャツに顔を埋めて、夏月は一度リセットされた頭をゆるゆると働かせ始めた。

過呼吸になったら口に紙袋をあてがえと聞いたことがある。たぶん羽生はとっさに、自分を紙袋代わりにしたということなんだろう。ただ、それだけだ。

夏月は急にうるさく感じ始めた自分の鼓動が羽生に悟られないように、言葉を探した。

「あ、――あの……なんか、あの、……すいません」

急に目が覚めたような気分だ。

羽生が電気をつけようとするのだって嫌がるくらい縋っていたのだから、過呼吸になった夏月に紙袋を持ってくることもできなくて羽生はそうするしかできなかったんだろう。

それしか手段がないからといって男にキスをさせるなんて、申し訳なくて顔も見られない。

「謝るな。お前は謝りすぎだ」

「すいませ……」

言いかけて、夏月はあわてて口を噤んだ。

その体から緊張が抜けていることが羽生にもわかっているのか、ふと頭上で笑い声が漏れたような気がした。

反射的にその顔を仰ごうとする夏月と、夏月の顔を覗き込もうとする羽生のタイミングがちょうど

重なって、視線が合う。

「！　っす、すいません！」

背中を抱かれたままの夏月が顔を上げると羽生の鼻先がすぐそこにあって、思わず声をあげそうになった。あわてて顔を伏せる。といってもまた、羽生の胸の中だ。

「だから謝るな。俺はそんなに怖いか」

「は、羽生さんは怖くないです！　羽生さんが怖かったら、僕こんなに甘えてないですから」

目の前のワイシャツをぎゅっと握って恥ずかしさを振り払うように夏月が大きく声をあげると、一瞬、羽生の動きが静止した。

何か変なことを言っただろうかと、おそるおそる視線を上げて羽生の様子を窺い見る。

羽生は、今まで見たこともないようなぽかんとした顔で夏月を見下ろしていた。

目を瞬かせた夏月と視線が合うと我に返ったように顎先を震わせて、困惑したように苦い表情を浮かべる。

「俺は甘えられてたのか。お前は謝ってばかりいるから、怖がられてるもんだとばかり」

「最初は怖いと思ってましたけど……」

このマンションで初めて目を覚ました時のことを思い出すと、怖がってなかったというのは嘘だ。

威圧感があって上から見下されているようでとても親しくなれないタイプだと思っていた。

「やっぱり思ってたんだな」

「っ、すいませ――」

顔を顰めた羽生に縋りつくように夏月が口を滑らせると、その口端に唇が落ちてきた。

吸い上げるというより押し付けるだけの唇はすぐに離れたけれど、夏月を黙らせるのには効果覿面（てきめん）だった。

言葉と一緒に、息も止まってしまったけれど。

「謝るな、と言ってるんだ」

とっさにまたすいませんと口走りそうになるけれど、さすがに口を堅く閉ざしてこらえる。

羽生も夏月が喉まででかかった言葉を飲み下したのがわかってるんだろう。ふと呆れたように息を吐いて眼差しを柔らかくした。

「お前は何も悪いことなんてしてねえ」

羽生を仰いだ夏月の髪に、ぎこちない手つきで指が滑る。

夏月は、大きく見開いた目で羽生の顔を見つめた。

「悪、……くない？」

「そうだ。お前、なんか悪いことでもしたのか？」

堂々とした羽生の顔を見つめていたいのに、視界がぼやけて夏月は慌てて瞬きを繰り返した。

「して、ない……です」

夏月は悪いことをしたわけじゃない。友達が謂（いわ）れのないいじめを受けて日に日に背中を丸めていくのを、ただ見ていられなかっただけだ。

あのまま何もせずに見ていたら、夏月は殴られず、骨も折られず、人に触れられるのも怖くない人間だったかもしれない。でも、きっと心は潰れていた。

「……僕は、何も――……っ」

声が震えて、目の前にあるはずの羽生の顔が霞んでしまう。

あわてて目を擦ろうとすると、羽生の手に目尻を撫でられた。だけどちっとも羽生の顔ははっきりと見えない。頰もあたたかいものが滴ってきて、羽生が何度も乱暴に拭ってくれた。

「悪くない奴が、謝ることなんか何もねえからな」

「……っ」

返事をしようとした唇から嗚咽が零れそうになって、夏月は顔を伏せた。

涙が雫になって、羽生の膝の上にいくつも染みを作る。だけど今は謝る声さえも出てこない。

「お前が俺に甘えてんだったら、もっと甘えろ。いいか、お前なんか俺から見りゃまだまだ子供なんだからな。わがままの一つや二つ、言ってみろ。十でも百でも構わねえよ」

「わが、まま……？」

濡れた目をそのままにしてゆっくり羽生の顔を仰ぐ。

羽生は気負った様子ひとつなく、いつもの飄々とした様子で夏月を見下ろしていた。夏月がわがままを言いやすいように、わざとそうして見せてくれているのかもしれない。

「――……羽生さん、あの……」

わがままと言われても、とっさに思いつかない。

そう言おうとして開いた口から、勝手に言葉が溢れてくる。

「僕が落ち着いたら、……仕事に戻っちゃうんですか」

「戻ってほしいのか？」

濡れた夏月の頰を拭って、そのまま髪を撫で付ける。羽生の無骨な指先が夏月の髪を耳にかけると、擽ったいようなむず痒いような、変な気がした。

髪を撫でる羽生の手を振り払ってしまわないように、微かに首を振る。

「……行かないでほしいです」

母親には仕事に行かないでほしいなんて言えなかった。

昼夜問わず働いて夏月と妹を育ててくれる母に、わがままなんて言えなかった。だからいじめられていたことが知れた時、夏月の胸にこみ上げてきたのは恥ずかしさと、罪悪感だった。

でも本当は、いい子で母親を見送ることなんてしたくなかった。

「そうか。じゃあもう今日は仕事はやめだ」

あっさりと言って、羽生はソファの背凭れに身を投げた。夏月の背中を抱いたままで。

思わず体重を預ける格好になった夏月が声をあげようとすると、じろりと睨まれる。すいませんと言うと思われたんだろう。夏月はそれをぐっと飲み込んで、おそるおそる羽生に体を任せた。

「それから？」

すっかり暗くなったリビングの天井を仰いだ羽生が、歌うように言う。

仕事に行かないでほしいと言うのは、母親に対してずっと言えずにいたわがままだ。羽生に対する甘えじゃない。

羽生に対して、何でも言っていいなら。

夏月は知らず息を詰めて、羽生の胸についた手をぎゅっと握った。鼓動が早くなって、緊張が身を包む。だけど、これは恐怖心から来る緊張とは違う。

「――……もう一回、……キスしたい、です」

思い切って絞り出した声が震える。

さっきのは過呼吸を抑えるための応急処置だったはずだけど、だけどその後ですいませんと言いそうになった夏月の口を塞いだのは何だったのか知らない。

それも羽生はキスのつもりじゃなかったのかもしれない。

それなら、今度はキスがしてみたい。羽生と。

だけど変な顔をされるのが怖くて夏月が視線を上げることができなかった。言ったそばから、後悔を始めるくらい。

「どうぞ」

しかしすぐに羽生の無愛想なまでの声が返ってきて、夏月は耳を疑った。

驚いて顔を上げると、羽生がおとなしく目を瞑っているのが暗がりの中でもわかった。

これは、夏月からキスをしろということだろうか。確かにキスをしたいと言ったのは夏月なのだから、自分からすべきなんだろう。

今でさえ心臓が口から飛び出てきそうなのに、こんな状態で羽生に口付けたら心臓が羽生の中に流れこんでしまわないだろうか。

一抹の不安を覚えながら、ともすればそのまま眠ってしまったんじゃないだろうかと思うくらい微動だにしない羽生の顔に、ゆっくりと近付く。

すいません、と言うのがだめなら、失礼しますでも何でも一言声をかけてからそうすべきだろうか。

そういえば椎名からキスをされたことはあるけれど、自分からキスをするのはこれが初めてだ。

そう気付いてしまうと余計に緊張してきてしまう。

「どうした？」

その時、目を瞑っていた羽生が片目を開いてすぐそばで躊躇（ちゅうちょ）している夏月の顔を窺った。

「……！」

緊張している自分の顔を見られたくなくて、あわてて勢いよく唇を押し付ける。

後から思えばまるでがっついて襲いかかったかのようになってしまったけど、その時は夢中だった。

案の定ゴチンと歯をぶつけて夏月が顔を引こうとすると、後頭部に手を添えられて引き寄せられる。

顔の向きを変えて、唇が交差した。

「ん、……っぅ、はにゅ……さ、っ」

一度食まれた唇がすぐに離れたかと思うと、羽生の名前を呼ぼうとした開いた夏月の唇に、舌が潜り込んできた。

ぶるっと体が震えて、羽生のワイシャツを握り締める。

いつも冷静であまり表情を変えないと思っていた羽生の舌は想像以上に熱くて、火傷（やけど）しそうなほどだ。

肉厚でいきなり根元までねじ込むようなキスに夏月が身動ぐと、天井を仰いだ羽生に覆いかぶさった体を反転されて夏月の顔に羽生の乱れた前髪がはらりと落ちてきた。

「ぁ、……ん、っふ……ぅ、ン、……ん」

羽生の舌を口いっぱいに頬張って吸い上げると、それだけで頭がふわふわと心地いいもので包まれるような気がする。

夏月のほうから夢中で吸い付いているせいか、羽生が舌先でまさぐってこなくても少し抜き差しするように動かされるだけで口の中のあちこちが刺激される。

気付くと夏月のほうから羽生の舌を貪ったまま顔の向きを変え、何度も唇を重ねなおしていた。

鼻を鳴らしながら、どこかしら煙草の匂いが残る羽生の唾液を嚥下する。

もっと欲しがって夏月からも舌を伸ばそうとすると、不意に肩をつかまれてゆっくりと唇が離れた。

「羽生さん？」

顔を離した羽生の表情は、よく見えない。だけど、夏月を嫌悪しているようにはどうしても感じられない。

夏月の肩をつかんだ掌が、熱くなっている。

わがままを言っていいと言ったのは、羽生だ。

肩をつかんだ羽生の腕に手を重ねて、夏月は窺うような声を出した。

「羽生さん、もっと……」

「――……これ以上したら、俺が止まんなくなる」

顔を背けた羽生が、掠れた声をいつになく弱く吐き出す。

「俺は悪い大人だからな、心細くなって人にくっついてたいだけのお前につけこんでやらしいことをしちまうぞ」

「や、――……やらしいことって」

そう言われてしまうと、顔が熱くなって躊躇してしまう。

羽生の言うとおり、人にくっついていたいだけといわれればそうなのかもしれないという気もする。

となると、羽生を利用しようとしているのは夏月のほうだ。

今度こそ本当に申し訳ない気持ちになって夏月が身を引こうとすると、身を引き離すために肩をつかんだ羽生の手がそれを許さない。

「あ……の、羽生さ」

「夏月」

ざらついた、低い声でいつもと違う呼び方をされるとぞくっと背筋が震えた。

知らず喉を鳴らして羽生の顔を見つめると、暗いリビングで羽生の鋭い目が静かに光を湛えているように見えた。夏月を射抜くように見返している。

「俺の部屋に来い」

唾液に濡れた羽生の唇が、微かに囁く。

夏月には抗いようもなかった。


「っぅ、あ……！　待っ、羽生さん、そこ……っや、だめ……っ！」

リネンの香りが漂う羽生のベッドのシーツを手繰り寄せて、夏月は身を仰け反らせた。

獲物を見据える獣のようにもの静かな羽生に誘われるまま部屋にやってきてから、もう三十分以上経つ。

部屋に入るなり乱暴にベッドへ縫い付けられ唇を貪られながら服を剝ぎ取られると、今更ながら夏月は混乱してきて、何度か羽生に抵抗じみた声をあげた。

そのたびに羽生は顔を上げて——あるいは唾液に濡れた唇を離して様子を窺いはしてくれるものの、

結局夏月が逃げ出せずにいると行為を再開させる。

夏月は自分でも、どうしたらいいのかわからずにいた。

どうしてこうなってしまったのか自分の頭はついていかないのに、体だけは羽生に反応している。

夏月の声に羽生の手が止まると切なくて、もっとと言いたくなってしまう。

一度人の手に触れられる性的な快楽を覚えてしまったからなのかとも思うけれど、それだけじゃない。羽生が言うような、人恋しさで触れていたいだけでもない。

超然とした印象がある羽生に憧れる気持ちがあって、求められることがうれしく感じる。

羽生の腕の中で何もかも忘れてしまうほど甘えられたら、どんなに満たされるだろうという恍惚にも似た期待を覚える。

——だけど。

「ゃ……っ羽生、さん……っそこは、本当、に……っだめ、だめ……っ！」

唇から首筋、胸、脇腹と噛み付くように荒々しいキスを下降させていった羽生がとうとう下肢に口付けると、夏月は足をばたつかせて逃げを打った。

首を振って体を波打たせ、羽生の体の下から這い出そうとするのに、羽生に内腿を吸い上げられると力が抜けてしまう。

「やらしいことするっつっただろ、観念しろ」

唇を這わせた腿に舌を擦りつけた羽生の声は、どことなく笑っているようにも感じる。

夏月が、本気で拒んでいないと思ってるのだろう。嫌がってはいないが、拒んではいるのに。

「や、や……っだって、だ……っ！　そ、んなところ……汚い、ですっ」

ぶるぶると体を震わせながら、夏月は首を竦めて目を瞑った。

腿を舐った羽生の唇が、徐々に深いところへと滑り降りていく。その中央で浅ましくそそり立っているものは、もう既に羽生の目に晒されている。何度隠そうとしても、手を取り払われてしまった。

「汚くなんかねえよ」

そう囁いた羽生の吐息が、夏月の叢を揺らした。それだけであられもない声をあげて、背筋が痙攣してしまう。

そういう行為があるということくらい夏月だって知っている。だけど、そういうことの前にはシャワーでも浴びて、入念に洗ったりするものだと思っていた。

「……っひ、ぁ……っ！」

ぬるりと熱いものが先端を舐めて、夏月は思わず甲高い声を漏らした。

あわてて手繰り寄せたシーツで唇を塞ぐ。

「お前の涙を舐めるのと大して変わんねえだろ」

気持ち的に、大違いだ。

それに涙をいくら舐められたって、我を失ってしまいそうなくらい気持ち良くなったりしない。

実際のところ、夏月が怖いのは快楽だ。

汚いなんてたぶんただの口実で、劣情の塊であるそれを柔らかな口内で包まれ、吸い上げられ舐られたら自分がどうなってしまうかわからない。

椎名に触られるだけでも自分が抑えられなくなって、みっともない甘い嬌声をあげてしまうくらいなのに。

「や、やだ……っだめ、羽生さんお願い、ですから……っ許してください、本当に」

シーツを噛み締めたくぐもった声で哀願しながら、夏月はそろり、と下肢に視線を向けた。

声は泣きじゃくった子供のようにみっともなく震えている。もしかしたら本当に泣いているかもしれない。顔が熱くて、よくわからない。

「嫌なのか？　どうしても気持ち悪いって言うなら、やめるけど」

膝を立てた両足の間から、羽生が真剣な眼差しで夏月を窺っていた。

その鼻の先には既に熱くなったものが息衝いていて、自身の漏らしたものと、あるいは羽生に舐められた唾液のせいで濡れている。浅く息を吐くたびにひくひくと切なげに揺れて、夏月の意思に反して刺激を欲しがっているようでもある。

気持ちが悪いからやめて欲しいと言ってるんじゃない。

羽生に軽く舐められただけでその感触がまるで脳に焼きついたように忘れられない。

自分の熱が羽生の目の前にあるということを意識するだけで焦がれて、めちゃくちゃになってしまいたいような気さえする。

だけど、だからこそ、怖い。

「だ、……だって」

言い淀んだ夏月が視線を伏せると、羽生が鼻先を屹立にすり寄せてきた。

「ぁ、――……っあ、っふ……！」

びくびくっと腰から下が自分のものではなくなったように震えて、また先端が濡れるのを感じる。

夏月は腕を擡（もちあ）げて自分の顔を覆い隠すと、熱い息が弾む唇を歯噛みした。

「だって、……なんだ？」

掠れた声がしたかと思うと、反り返ったものの裏筋に羽生が吸い付いてきた。

「あ、――……っ！　あ、あ……っは、羽生、さ……っ！」

唾液に濡れた唇が熱く充血したものをやわやわと食んで根元から先端まで移動すると、夏月は上体をのたうたせながら下肢の羽生の頭へ手を伸ばした。

「や……っだ、だめ、だめで、す……っ！　そんな、そんなとこ……ぉっ」

本気で拒んでいるはずなのに、自分でもそれが信じられなくなるくらいねだるような声をあげている。

先端の括れまでねっとりと唇をのぼらせた羽生が、今度はゆっくりと根元に向かって顔を下げていく。動きが緩慢であるほどゾクゾクとしたわななきが夏月の背中を走って、気付くと羽生に腰を突き上げるように体を浮かせていた。

「そんなこと言って、腰は動いてるぜ」

幹を横様に銜えるように唇を開いた羽生が舌先で熱をなぞりながら、小さく笑った。

「……っ！」

かっと全身に熱がのぼった。

こんな時なのに羽生が笑うとその顔を見たくて、胸が締め付けられる。

悲しいわけでもないのに泣きたいような気持ちに襲われて、夏月は息をしゃくりあげた。

「は、……っ羽生さんの、意地悪……っ」

力の入らなくなった唇を何度も結びなおして恨み言を吐くと、ふいに羽生が顔を上げた。その代わりに、どろどろに濡れそぼった屹立を掌で包み込まれる。

急に窮屈に握られると、それだけで夏月は甲高い声を漏らしそうになってしまった。

「俺が意地悪なくらいのほうが、お前もわがまま言いやすいだろう？」

夏月を握った羽生の手が上下に揺れると、すぐににちゃにちゃと糸を引くような水音が響き始める。

「ぁ、あっ……んっあ、羽生さん、羽生さ……っ」

どうしてだかわからないけれど、羽生が夏月にわがままを言えと言うたびに泣きそうになってしまう。

抱きしめて欲しいと甘えたいのに、下肢を撫で上げられて思うように言葉が出てこない。夏月が羽生の体を探るように腕を伸ばした時、つかまれていた足をぐいと前に押し倒された。

「っ、あ……!?」

ベッドと体の間で籠っていた熱が動いて、少し肌寒さを感じた。かと思うと、不意に思いがけないところに柔らかな唇が触れた。

「えっ、あ……――っちょ……待っ……！」

何が起こってるのか理解する前に、得体の知れない疼きが体の芯をうねるように走っていく。

じっとしていられない。

「やっ、あ……やぁ、っんあ……っ！　な、なに……っはにゅ……っさん、あ、あっ……んぁ、や……っ！」

羽生の手は夏月の劣情を緩やかに撫で続けている。

だけどそれ以上に、もっと深いところから夏月の歯の根があわなくなるくらいの愉悦が襲い掛かってくる。

ベッドを掻き、羽生の姿を探す。寄る辺がなくて、怖い。

と、それを察したように羽生が夏月の手を握り返してくれた。ほっとして瞑っていた目を開けると、羽生の唇が夏月の背後に触れている。

「こっちはあいつに触らせてないのか？」

自分の今している格好と口付けられている場所、それからそこを舐められることで覚えた言葉にならないほどの快楽に愕然として、夏月は息を詰めた。

だけど、体の芯はまだずっと疼いている。

屹立をゆっくりと擦られているより、もっと、もっと。

もっと掻き乱されたいと、体が望んでいる。

「ナツ」

呆然とした夏月に返事を促した羽生が、指先で背後の窄まりをノックした。

「……っ！　ん、っ……ぅ、ん……っ挿れてない、ですっ」

あいつというのが椎名のことだということはわかっている。

こういう時は、名前を出さないものなんだろうということも。

だけど夏月の返事を受けた羽生は思案するように一度視線を伏せた後、体を引いて高く掲げさせた夏月の足を下ろした。

「じゃあ、こっちはやめとくか」

「っ、」

小さく息を吐いた羽生の言葉に、夏月は無意識に声を漏らした。驚いたように羽生が顔を上げる。夏月も、自分がどうして声をあげたのかわからない。だけど、掌で口を覆い隠してももう遅い。

夏月が掻き乱してしまったのか、前髪を額に落とした羽生が推し量るように目を眇めてこちらを見つめてくる。それを見つめ返す気にはなれなくて、夏月は自分の肩口に顔を埋めるようにして縮こまった。

恥ずかしくて、全身が赤くなっているんじゃないかと思った。

どうして声なんてあげてしまったんだろう。

まるで、――背後を触ってもらいたがってるみたいに。

どうか聞こえてないふりをしてくれないだろうかと祈るような気持ちで目を瞑っていると、やがて呆れたような大きなため息が聞こえた。

「お前ってやつは本当に……」

唸るような、低い声。と同時に足を下ろされた格好のまま羽生の手が体の奥へ回ってきて、唾液に濡らされたばかりのそこを探る。

「ぁ、――……っんふ、……ぁ、あっ」

入り口でくるりと円を描くように窄まりを撫でられると、体に電流を流されたように感じて夏月は甲高い声をあげながら背を反らした。

緊張した腹部に羽生の唇が落ちてきて舐められながら、屹立を撫でる手も再開される。

「……じゃあ、指だけな」

ビクビクと痙攣を繰り返す夏月の肌を吸い上げる羽生の唇が小さく囁く。まるで、自身に言い聞かせているかのようにも感じた。

「あ、あっんぁ、――羽生、さん、ぁあ、あっ……！」

無意識に腰を揺らめかせると、それを捕らえようとするかのように羽生の指先が夏月の中に潜り込んできた。

頭の中が真っ白になって、快楽に体が支配されていく。

「ぁ――……っはにゅ、うさん……っ羽生さん、っもう、出ちゃう、ぅ……っ羽生さん、はにゅ、さ……っ！」

羽生の指先は、浅いところで抜き差しを繰り返しているだけなんだろう。それでも自分の禁忌を押し広げられる感覚に夏月は唾液を嚥下することも忘れてしどけなく唇を開けたまま、断続的な痙攣を覚えていた。

「ナツ、気持ちいいのか？……ここが」

「ん、ぁ……っ気持ち……気持ちいい、っ……イっちゃう、羽生さ、っ僕イっちゃ、もう……っ！」

羽生が肌の上で低い声を紡ぐたびに、腹の内側と外側から刺激されているような淫靡な震動が夏月を狂わせていく。

もう出る、イクと言いながらもう既に絶頂に達しているようなほど勢いのある先走りが漏れ出て、羽生の指の間から糸を引いている。

「ぁ、っあ……羽生さん、羽生さ――……っおかしくなっちゃう、かも……っ僕、……っむずむずして、変……っ」

気持ちいいと繰り返しながら、夏月は自分でも恥ずかしいと思うようなことを次々と口走っていた。

そうでもしていないと――もっと、と言ってしまいそうで。

「なんだよ、……お前のほうがよっぽど、やらしいな」

足の先まで緊張させて絶頂をこらえた夏月の胸にのぼらせた唇で、羽生が呆れたように笑った。

かと思うと、次の瞬間浅瀬で揺れていた羽生の長い指がぐっと夏月の奥へ進んできた。

「――……っぁあ、あ……！」

体の内側を、羽生の指先が押し拡げる。

その感触を覚えた瞬間夏月は目を瞠って体を硬直させ、意識を手放すようにして絶頂に達していた。


部屋にさしこむ月明かりで目が覚めた。

「――ん……」

夏月はベッドの中で身動ぎ、月明かりから顔を背けるように寝返りを打って――目を瞠った。

目の前に羽生の寝顔が飛び込んできたからだ。

「……！」

あやうく声をあげそうになって、あわてて両手で口を塞ぐ。

泥のように深い眠りから一気に覚醒して、心臓も暴れるように激しく打っている。

あのまま、眠ってしまったんだろう。

羽生と二人で包まれたベッドの中で、夏月はまだ裸のようだ。

うっかり寝返りを打ってしまったけれど、寝息がかかるほどの距離に羽生がいる状況に緊張してしまう。せめてもう一度背を向けたいけれど、羽生を起こしてしまうかもしれない。

あんなことをしてしまったあとで、同じベッドで目を覚ますなんて想像するだけでも恥ずかしい。

だけど。

夏月は羽生が起きてしまわないように慎重に様子を窺いながらリネンに直接触れた自分の肌にそっと触れた。

汗が引いた体は少し、べたついている。汗だけじゃない、別の体液でも。

人のベッドを汚してしまうなんて、とても耐えられない。できることなら今すぐ跳ね起きて、自分のものを零してしまっていないか隅から隅まで確認したいくらいだ。

椎名のシーツは、それで少し汚してしまったから。

椎名は自分のものか夏月のものかもわからないから気にしないでと笑っていたけれど。

そういうことじゃない。夏月が恐縮して泣きそうになっていると、椎名はいつものように――あるいはいつも以上にやわらかな笑顔を浮かべた。

「僕がしたかったんだから、ナツくんは気にしないで。僕のベッドでしたのも、ナツくんの残り香が欲しかったからだし」

椎名の笑顔でそんな風に言われてしまったら、恥ずかしさで何も言えなくなってしまう。

こんなはしたない残り香は消してしまいたいと思うのに、椎名が愛(いと)しそうに笑うから。

夏月がその時の恥ずかしさを思い出してさらに体を熱くさせていると、熱が伝わってしまったのか、隣で羽生が身動いだ。

「！」

心臓が一瞬、止まったかと思った。

そもそも、こういう経験が夏月にとって初めてじゃないというのが問題だ。もはや天変地異だ。

枕を引き寄せ、顔をむずつかせた羽生は目を覚ます様子もなく未だ夢の中を漂っている。普段後ろに流している前髪はほとんど額に落ちてきていて、寝顔は少し幼くも見えた。

通った鼻筋、小ぶりの鼻。いつも真一文字に結ばれた薄い唇の端には、うっすらと皺が刻まれている。

今が何時なのかはわからないけれど羽生の輪郭に視線を這わせると、無精髭が生えてきているようだ。それもこの距離で、月の明かりがあるから確認できる。

一瞬この状況を忘れて羽生の顔をここぞとばかりに観察したものの、ワイシャツのまま夏月と一緒の布団に包まっている姿を見ると、どうしてこうなったんだろうと頭を抱えたくなる。

いくら考えても、夏月がそれを欲しがったから、に他ならない。

わがままを言えと言われて口をついて出てきたのがキスだとか、――中を触ってもらいたいだとか。はっきりと言葉にはしなくても、あの時はたぶん、そういう気持ちだった。

「……っ」

夏月はこらえきれずに下唇を噛み締めてベッドの中の身を縮めた。

何であんなことを言ってしまったんだろうと大声をあげたい気持ちでいっぱいだけれど、もう一度同じ状況に置かれたら、やっぱり羽生を欲しがってしまう気がする。

羽生の優しさに甘えてしまう。

乱暴に体を押さえられたのも、夏月のせいじゃなくて羽生が無理にそうしたのだと思わせるためなんだろう。夏月が本当に嫌だったら、それでも逃げ出せたはずだ。逃げ出したいなんて、微塵も思わなかった。

許される心地よさと、甘やかされる喜びと――それから羽生が心を寄せてくれているといううれしさに、夏月は溺れてしまった。

自分にも笑いかけて欲しいと思っていた羽生が、ついさっきまで夏月の上で男の顔をしていたと思うと胸が苦しくなって息もできなくなる。

せっかく、椎名の顔をまともに見れるようになってきたのに。

明日からは羽生と接することができなくなりそうだ。

とはいえ羽生だって男の夏月相手にこんなことしたくてしたわけじゃないだろうから、変に意識されたって面倒に思うかもしれない。

そう思うと気が楽になるかと思ったのに、胸の奥がチクリと痛んだ。

羽生は夏月と椎名がそういうことをしたと察していたから、こういう慰め方を選んだだけかもしれない。

夏月が深いため息を吐くと、隣で羽生が不明瞭な声をあげた。ぎくりと身が強張って、しばらく息を殺す。幸い、ただの寝言だったようだ。

「――……」

いつまでもこうしてはいられない。

夏月は再び規則的に戻った羽生の寝息に耳をそばだてながら、そっとベッドから抜け出た。

塵ひとつ落ちていないフローリングの床の上に脱ぎ散らかした自分の服を拾い上げて、ひとまず抱える。

椎名は帰宅しているんだろうか。だとしたら、自分の部屋に戻るのにも物音を立てるわけにいかない。

夏月は自分の服を胸に握り締めて、足音を忍ばせながら部屋の扉に向かった。

「ぅ、……ん――……ナツ？」

その時、ベッドで寝返りを打った羽生がそう漏らした気がして、夏月は急いでドアに飛びついた。

あまりにあわてたせいで扉横のチェストに立てかけられていた写真立てが揺れて、倒れそうになる。

夏月は息を呑んでそれを寸でのところで受け止めた。

「……帰るのか」

ベッドから聞こえる羽生の声はまだ半分寝ぼけているようだ。今まで夏月が聞いたこともないくらい、無防備な声になっている。

帰るも何も同じ家の中なのにまるで羽生が名残惜しんでいるように聞こえてしまって、夏月は切ない気持ちに襲われた。

羽生がいいよというなら、ベッドに引き返したい気持ちもある。

そうと言えばまた羽生がわがままを言えと言うかもしれないけれど。

さっきまでは、特別だった。

だけど夏月はもう震えてもいないし、羽生にきつく抱きしめられて幸せな気持ちにさえなっている。

「あの……お、お邪魔しました。おやすみなさい」

潜めた声を早口にまくし立てると、それ以上羽生は何も言わなかった。聞こえなかったのかもしれない、あるいは羽生は既に夢の中なんだろう。

それでも一瞬目を覚ましてくれたのがうれしいような、起こしてしまって申し訳ないような、複雑な気持ちだ。

とにかく夏月はこんな気持ちのまま羽生の隣では寝付けない。

体を離しても一向に治まる気配のない鼓動を抑えながら、夏月は写真立てをもう一度チェストの上に置き直した。

「……？」

そこには、グランドピアノを弾いている青年の姿が映っていた。

誰かしら、羽生のお気に入りのピアニストなのだろうヶ月明かりだけでは顔をはっきりと見ることもできない。

写真には、十五年前の日付が刻まれていた。

◆7

家賃も入れていない夏月のために、住所不定では日常生活に支障があるだろうと羽生が住民票の移動までさせてくれたのは、ここで寝泊りするようになって間もなくの頃だった。

その時は、まさかこんなに早く元大家からの手紙が届くようになるとは思わなかった。

封筒から抜き出したA４サイズの真っ白い紙には、建物明渡執行費用完済通知と書かれている。

長谷川個人による家賃滞納をかぶる形になった夏月に同情してくれた大家が明け渡し費用を半額免除してくれたのだ。滞納していた家賃も半額とまではいかないまでも少しばかり多めに見るといってくれている。

もともと八十万近くあった返済額は、免除されたこともあって残りあと二十万にまで迫ってきていた。

このところ自炊のおかげもあって月々五万円ずつ返済にまわすことができているので、単純に考えればあと四ヶ月もあれば完済となる。

夏月はパソコンで印字された通知書を見つめて、複雑な気持ちを抱えていた。

いつまでも大家に迷惑をかけているわけにはいかないし、長谷川に裏切られたという気持ちを引きずっているのも嫌だ。早く返してしまいたいとずっと思っていたのだから、あと四ヶ月だと思うとうれしいはずなのに。

返済が済めば、羽生の家に住んでいる理由はなくなる。

椎名とも、また毎朝カフェで会うだけの関係に戻るんだろう。

以前よりも椎名のことを知っているから、完全に元に戻るわけじゃない。だけど、ただいまやおかえりと言う関係ではなくなる。帰る場所が一緒だからという口実で一緒に食事に行くこともなければ、たまに一緒に眠るようなことなんて絶対になくなる。

そう思うと、借金残額が一生なくならなければいいのにと思ってしまう。

羽生だって夏月にずっと居座られたら迷惑に決まっているのに。

いくら椎名と同じように笑いかけてくれることがあっても、夏月と椎名は違う。椎名は対等な同僚

——友達でも、羽生にとっての夏月はやっぱり子供なんじゃないかと思う。

最近何かと髪を撫でられたりするのもきっとそのせいだ。

夏月が羽生の前で泣きじゃくってしまったせいなのかもしれない。まるで、年端も行かない子供のように。

そもそも成人もしている大の男が住む場所に困って転がり込んできている時点で子供だと思われているのも当然か。

「はぁ……」

夏月は完済通知で顔を隠すようにして、密かにため息を吐いた。

借金の一部でも完済したといえば二人は——特に感情表現の大きい椎名は、我がことのように喜んでくれるだろう。

だけど、とても言い出す気になれない。

滞納している家賃の分も返し終わったら出て行かなければいけないと思っているけれど、今はまだ言いたくない。

「ナツくん、これってナツくんの？」

「！」

突然背後から椎名の声がして夏月は手紙を手の中に丸めて押し隠した。

「？　どうかした？」

「な、なんでもないです」

丸めた手紙を背後に隠して、夏月は椎名を振り返った。

椎名の、何でも見透かすような淡い色の瞳がじっと夏月を覗き込んでくる。

夏月は後ろめたくて、そっと視線を外した。隠し事をしていますと自白するようなものだ。

ちゃんと、返済を終えたら出て行くことは約束するから。だからそれまでは黙っていても許して欲しい。

「……お掃除サボっちゃだめだよ」

首を竦めて縮こまってしまった夏月にふっと息を吐いた椎名が、問い詰めることを諦めて優しく笑った。

「はい。……ごめんなさい」

夏月はそろりと視線を戻して椎名を窺った。と、椎名が身を屈めて夏月の頬に唇を寄せようとしている。

「っ！　椎名さん、サボっちゃ駄目なんじゃないんですか」

驚いて、大袈裟に身を引いてしまう。

皺だらけになった手紙をエプロンのポケットに入れて、夏月は鼓動を速めた胸を押さえた。

「キスするくらいじゃサボりにはならないよ。ナツくんを充電しないと僕もう動けないし」

唇を尖らせて両腕を開いた椎名が、夏月を追って迫ってくる。その仕種があまりにも大仰で、夏月は思わず笑い声をあげて椎名から逃げ回った。

三人の休日が重なる年内最後の日に大掃除を決行すると羽生が言い出したのは月頭のことだ。

今まで大掃除なんかしたことなかったのにと不服を漏らす椎名に、羽生は今年初めて夏月という協力者がいることを武器に大掃除を断行させることにしたらしい。

校了前で羽生の帰りが遅い日に椎名は夏月を自分の部屋に泊めたがるけれど、そのたびに床に山積みになった雑誌や服が気になりますと言うと、効果は覿面(てきめん)だった。

「おいお前ら、片付けは終わったのか？　床を舐められるようになるまで拭いたか？」

追ってくる椎名から夏月が逃げてリビングに飛び出ると、キッチンの換気扇を洗っていた羽生の鋭い眼差しに射抜かれた。

相変わらず、思わず萎縮してしまうような迫力だ。

椎名につられて遊んでしまっていたから、余計に。

「ご……ごめんなさい」

夏月は自室の掃除を終えて、玄関先の掃除をしていた。

そこへ郵便物が届いて目を通しているうちに、椎名が来たのだ。

「そういえば、椎名さん。僕のものってなんですか？」

夏月を追いかけて背中に抱きついてきた椎名を振り返ると、首筋に頬ずりしてきそうな椎名が短く声をあげた。

「このパンツ、ナツくんのかと思っ――」

「違います！」

椎名が掲げた下着を下ろさせて、夏月は思わず大声を張りあげた。

よく見ていないけど、さすがに椎名の部屋に下着を忘れるような真似はしていない。かーっと一瞬で耳まで赤くなった夏月を、椎名は目を瞬かせてしばらく見下ろしたあと逡巡して、声を潜めた。

「……洗濯物が混じっちゃったのかなっていう意味だよ？」

「‼」

どっと汗が噴き出してくる。

考えすぎた。

誰も、使用済みの下着だなんていってない。

椎名は片付けこそ苦手だけれど不潔な人ではないし、床の見えている範囲はきちんと拭き掃除されているのが常だ。

当然、夏月が脱ぎ散らかした下着なんてあるはずがないのに。

穴があったら入りたいとは、まさにこのことだ。あるいは自分で掘った墓穴に、入ってしまいたい。その場でうずくまりたい気持ちをぐっと押し隠して、夏月はもう一度椎名の手の中の下着を確認すると、チガイマスと機械的に答えた。

「ぼ、僕、玄関掃除戻ります……」

ぎくしゃくと強張る両手足を同時に動かしながら持ち場に戻ろうとした時、

「ナツ」

キッチンの羽生から呼ばれて、夏月は熱いままの顔を仰がせた。

「ファンを戻すから、手貸してくれ」

はい、と反射的に答えてキッチンに爪先(つまさき)を向ける。

窓も開いたキッチンは洗剤の匂いが充満していた。羽生はエプロンを着け、ゴム手袋までした本気の出で立(いた)ちだ。

「すごい、新品みたいになりましたね」

もともとほとんど使われていなかったキッチンの換気扇は、夏月が自炊するようになったせいでだいぶ汚れてしまっていた。

キッチンの掃除は夏月が個人的にやりますと言ったのだけれど、最近は自分も料理をするからと羽生が引き受けてくれた。

実際夏月が一人で換気扇のクリーニングをするとなったら骨が折れただろうし、ここまで綺麗にできたかわからない。

「これでまたいくらでも汚していいからな」

「今度、餃子でも作りましょうか」

予備校で働いている主婦の事務員に餃子の作り方を教えてもらったんだと夏月が言うと、羽生もそりゃいいと笑った。

踏み台にのぼった羽生に、重いファンを手渡す。

羽生だって換気扇の掃除は初めてだと言っていたわりに、手際よくファンを嵌めていく。

夏月がそれを感心して仰いでいると、キッチンカウンターの向こうから椎名が顔を覗かせてきた。

「最近、進一郎とナツくん仲いいよね」

「……！」

羽生に渡そうとしたフィルターをあやうく取り零しそうになった。

背筋がぎくりと強張って、平静を装えない。

「まあ、一緒に暮らしてるんだから仲良くなってもらうのはいいんだけど」

「いやに上から目線だな」

羽生が催促するように腕を下げてくる。夏月はその手に、フィルターを渡した。

「今のところ僕がナツくんと付き合ってるわけでもないしね」

カウンターに肘をついた椎名の表情は面白がっているふうでも、不満そうでもない。

夏月と椎名が恋人同士ではないというのは確かな事実だ。

そういう関係ではないのにキスをしたり触れ合ったりすることは良くないと思うのに、今じゃ椎名の振る舞いはただの過度なスキンシップに過ぎないいんじゃないかとさえ思えてしまう。少なくとも、椎名にとっては。

きっとキスをしたり一緒に眠ることを特別なことだと感じているのは夏月のほうだけなんだろう。

椎名と一緒にいるのは楽しいし、幸せな気持ちになるけれど、いつもそのことだけが夏月を少し苦しくさせた。

「付き合うって……お前の口からそんな言葉を聞くなんてな」

フィルターを三枚嵌め終えた羽生が踏み台を降りて、シンクの蛇口をひねる。

手伝いを終えたのだから玄関に戻っても構わないはずなのに、夏月はこのままこの場を立ち去っていいものか、逡巡した。

「うん、僕ナツくんのこと大好きだからね」

首を傾げて、他でもない夏月に同意を求めるような仕種を見せる椎名に夏月は首を竦めて笑った。

確かに椎名の「ナツくん好き」は毎日浴びるように聞いている気がする。

「お前は好きな奴が山ほどいるからな」

ゴム手袋を外して手を流した羽生が背後の冷蔵庫から缶ビールを取り出して、掲げてみせる。

夏月は小さく首を振ったけれど、椎名はカウンターを回りこんで受け取りに来た。

——椎名の言う「好き」にたいした意味がないことなんてわかっていた。

好きな人が山ほどいると聞いても、ショックを受けるようなことじゃない。自分が椎名の特別な存在になれるとは思ってないんだから。

だけど夏月はキッチンに入ってきた椎名の顔を仰ぐことができなくて、磨き上げられたコンロを覗き込んでいた。

「でも、僕もう遊ぶのはやめたからね」

「まあね。それがうちに居候する条件だったしな」

それぞれ缶ビールのプルトップを上げた二人の会話に口を挟むこともできず、夏月はじりじりとその場を後退し始めた。

椎名が羽生の家で暮らす条件の話となると夏月も耳が痛い。羽生もそれをわかって言ってるのだから、意地の悪いことだ。

「だから、ナツくんは遊びじゃないってこと」

「！」

不意に振り返った椎名に微笑まれて、夏月は息を呑んだ。

突然のことに思わず顔が赤くなってしまう。

「へえ」

どぎまぎして目を瞬かせることしかできなくなった夏月の頭上から、羽生の冷めた声が降ってくる。

「まあ、ナツがどう思ってるかはまた別の話だけどな」

「えっ、僕……!?」

「当たり前だろ、お前の話してんだから」

椎名の話をしてるんだとばかり思っていた——と言い出せる雰囲気でもない。

羽生と椎名の顔を交互に見ると、二人とも夏月を見つめている。

「えー……と、椎名さんが遊ぶのをやめたのはいいことだ、と……思いますけど、……？」

不特定多数の人と関係を持っていたという椎名のことは、羽生や椎名自身の話でしか聞いたことがない。だけど、人の愛情を欲しがるあまり自棄になっていたという椎名が今は落ち着いているというなら、それが一番いい。

椎名が悲しくないなら、夏月も安心できる。

椎名の訝しむような顔を仰いで夏月が首を傾げると、どちらからともなく二つのため息が漏れ出てきた。

「えっ、僕変なこと言いました？」

尋ねたけれど、羽生が小さく首を振ったのは否定してくれたわけではなさそうだ。

どちらかというと、呆れられている。

「進一郎には負けないからね」

缶ビールを一口呷った椎名が双眸を細めて笑う。

「なんだそりゃ」

額に落ちてきた前髪を後ろに撫で付けながら、羽生はそれを受け流した。

夏月は椎名の冗談に小さく笑いながら、羽生側に立って大いに肯いた。

「そうですよ、何言ってるんですか」

夏月なんて男だし、そりゃあ椎名は三日と置かず夏月に抱きついてはキスをしてきたりもしてくるけど、一度結婚していたくらいなんだし女の人のほうがいいに決まっている。

椎名なら、いくらでも素敵な女性も現れるんだろう。

そう思うと心が塞ぐような気持ちだけれど、それを振り払うように夏月は笑って見せた。

「だよな」

笑っているような掠れた声が聞こえたかと思うと、急に背後から羽生の腕が伸びてきて肩を抱き寄せられた。

「っ、羽生さ……!」

背中がどっと羽生の逞しい胸にぶつかって、両腕が回ってくる。

夏月がうろたえるより先に、椎名がむっと唇をへの字に歪めた。

「ナツ、あんなやつ選んだら後で苦労するぞ。俺にしとけよ」

夏月の胸の前で腕を交差させた羽生が、耳元でビールの香りをさせながら囁く。

ざらついた低い声が妙に甘く聞こえて、夏月は鼓動が早くなるのを感じていた。

ビールを提げたままの羽生の腕に胸の震動が伝わってしまいそうで夏月が身動ぐと、ぎゅっと腕の力が強くなった。

「ちょっと、進一郎」

不服そうな椎名が夏月を抱いた羽生の腕をつかもうとすると、それを避けて体の向きを変えられる。

夏月はそれに振り回されながら、思わず笑った。

「……あはは！　確かに、そうかもしれませんね」

二人は、こんなじゃれ方もするんだ。

以前三人で朝食を食べた時は、付き合いの長い二人の冗談に夏月が混じることはできなかったけれど。今は、こうして混じることができるようになったということなんだろう。

そうじゃなきゃ、二人が夏月の取り合いをするなんてありえないし。

椎名のあからさまに不満そうなへの字口が何よりの証拠だ。

まるで二人でお気に入りのおもちゃを取り合うみたいだ。この二人相手なら、夏月なんておもちゃ扱いされてもしょうがないと思えてしまう。

夏月が思わず肩を震わせて笑っていると、椎名に背中を向けた羽生がさらに耳朶へ唇を押し付けてきた。

「――お前のわがまま、たくさん聞いてやっただろ？」

「！」

決して椎名には聞こえないような低い、微かな囁き声。

夏月が思わずかっと赤くなって言葉に詰まると、その瞬間椎名に強引に振り向かされて羽生の腕の中から連れ出された。

「わあ、あ！」

ベッドの上での羽生を思い出してしまって熱くなった夏月が助け出されたのはいいけれど、あまりに勢いよく引っ張られすぎて今度は椎名の胸にしたたか鼻先をぶつけてしまう。

すいません、と謝って顔を上げるより先に背中に椎名の腕が回された。羽生よりずっと強く、息苦しいくらい。

「僕、本当にナツくんのことが大好きなんだよ」

背中を丸めた椎名が夏月の髪に頬ずりしているのがわかる。

椎名がこんなふうにスキンシップをしてくるのはいつものことだけど。

「ナツくんがいなかったら、僕は生きてなんていけないよ」

切ない声で言った椎名の唇が自然に夏月の頬に擦り寄ってくる。

「……っ！　ちょっと、椎名さ——……っ！」

羽生がいる前で、さすがにそれは。

夏月が首を竦めて椎名の唇から逃れようとすると、その隙間に羽生の腕が割り込んできて即座に引き剝がされた。

乱暴な力で、羽生が夏月の肩をつかんでくれていなかったらそのまま後ろに転げていたかもしれない。

はっとして振り仰いだ羽生の表情は不機嫌そうに顰められている。

「羽生さん、すいませ——」

「お前が謝ることじゃねえ」

ギロリと見下ろされて、夏月は竦みあがった。

不満そうな椎名をよそに、羽生がつかんだ夏月の肩を引き寄せて——ちゅっと唇を、啄ばまれた。

「……!!」

息を呑んだのが、夏月なのか椎名なのかはわからない。

突然のことに頭が真っ白になってしまって、夏月は羽生の手が離れるとふらつく足で何とか踵を返した。

このままこの二人の冗談に付き合っていたら身がもたない。

「ぼ、ぼぼ、僕ごみ捨て行ってきます！」

夏月は捨て台詞(ぜりふ)のように声を張り上げて、逃げるようにキッチンを飛び出した。


「はぁ……」

玄関まで出てくると、少しはリビングの空調が弱まって涼しく感じる。

椎名と羽生から離れたおかげでそう感じるだけかもしれないけれど。

夏月はまだ早鐘を打っている胸を押さえて額に滲んだ汗を掌で仰ぎながら深呼吸をした。

二人は夏月のことを弟くらいに思ってくれているのかとばかり思っていたけれど、もしかしたらペットくらいの扱いなのかもしれない。

そうでもなかったら、あんなに軽い調子でキスとかされても困ってしまう。

夏月はペットではなくて、れっきとした人の子なのだから。

生きていけないと切なく囁かれたり、不埒(ふらち)な夜のことを思い出させるようなことを言われたら、

――期待してしまう。

俺のほうにしておけだなんて言われたって、夏月には選ぶこともできないのに。もっとも、選ぶ必要なんてない。あんなのただの、じゃれあいなんだから。

　夏月は羽生の唇の感触を振り払うようにぶるっと頭を振ると、玄関先に詰まれた各部屋からのごみを前に気合を入れた。

　夏月のはそもそも持ち込んだものが少なかったのでごみは少ないけれど、椎名の部屋からはたくさんの不要物が出てきた。羽生の部屋からは、主に雑誌だ。誌名こそ違うもののどれも音楽雑誌で、新しいものから古いものまでいろいろある。

　几帳面（きちょうめん）に紐（ひも）で括（くく）られているけれど、できればその中に椎名の捨てた経済誌も混ぜてしまいたい。

　夏月がしゃがみこんで紐を解き始めると、キッチンから羽生が椎名を掃除に追い出す怒号が聞こえた。

　やっぱり二人は、いつもの調子だ。

　夏月だけが意識しすぎてるんだろう。

　一人で小さく首を竦めて、羽生の捨てた本を紐解く。その上に椎名の古雑誌を乗せようとした時、山が崩れた。

「あっ」

　あわてて手で押さえたけれど、二、三冊が玄関に広がってしまった。

「ナツくん、大丈夫？」

「椎名、お前またナツをダシに油を売るなよ」

　心配そうな椎名の声とともに羽生の声も聞こえてきて、夏月は苦笑を浮かべながら背後を振り返った。

「大丈夫です、ごめんなさい。大袈裟な声あげちゃって」

「僕、支えててあげようか」

拾い上げた雑誌を山の上に戻しても、また滑り落ちてきてしまう。椎名が玄関先まで駆けてきて、夏月の正面にしゃがみこんだ。

「ありがとうございます」

「僕のごみもあるしね」

椎名が短く笑い声を漏らすと、夏月も小さく笑った。

こんなふうに優しい時間をいつまでも過ごしていけたらいいのに。

夏月はエプロンの中にしまった完済通知のことをまた思い出して、チクリと胸を痛めた。

「……あれ？」

夏月が紐を引っ張って縛ろうとすると、本の山を押さえた椎名がそれを制した。

「これ、進一郎じゃない？」

山の真ん中から一冊だけはみ出していた古い雑誌を引きずり出した椎名が、表紙に刻まれた名前を指先でなぞる。

そこには確かに、羽生進一郎と書かれていた。

お互い目を瞬かせて、顔を見合わせる。

雑誌は十年以上前のものだ。表紙は日に焼けているし、小口も黄ばんでいる。羽生がこの頃から編集者をやっているはずもないし、何しろこんなに大きく編集者の名前が書かれた雑誌は見たことがない。

椎名が無言で、雑誌を開いた。

巻頭の特集ページから、学生の演奏コンクールの様子を報じるモノクロページ、開き跡やページが折れた跡、ところどころ染みになっているページをめくっていくと、そこには「若き天才ピアニスト、羽生進一郎」の特集ページが組まれていた。

写真入りのモノクロページ。グランドピアノの前に座ってインタビューに応じる羽生の姿はどこかあどけなさの残る二十代前半の青年だ。

「父親は画家、母親は――……」

玄関先の廊下に腰を下ろした椎名は、真剣な面持ちでインタビュー記事をなぞっている。

椎名も羽生の過去について知らなかったということだろうか。

芸術家の家に生まれた羽生は幼い頃からピアノに慣れ親しみ、五歳で初めての作曲、小学二年生でプロとの演奏会――と記事には書かれている。

写真に映った線の細い青年の姿に、夏月は見覚えがあった。

羽生の部屋で写真立てに飾られていた、あの青年だ。グランドピアノに襲いかかるような姿勢で演奏している様子は、印象的だった。

あれが羽生だったなら――夏月の頭の中で、一度聞いたきりの旋律が流れ始める。

もしかしたら羽生が素人の作品だと斬り捨てたあのピアノ独奏は、彼自身の作品だったのかもしれない。

「椎名さん、知らなかったんですか？」

椎名の手元を覗き込んだ夏月が尋ねると、我に返ったように椎名が顔を上げた。

「うん、社内でも楽器はやらないって――」

「お前ら、なにを見てる」

急に静かになった夏月たちが懲りずにまたサボってるんだろうと踏んだのか、羽生がキッチンから顔を覗かせた。それに対して、椎名が膝の上に広げていた雑誌を掲げる。

「！」

夏月は驚いて息を呑んだけれど、別に隠れるようなことではないのだろうか。

「進一郎がピアニストだったって――これ、編集長も知って、」

「椎名」

ビリッと、空気が震えたのがわかった。

夏月は羽生を振り返るために起こした背を壁に押し付けた。椎名も羽生の様子に気付いたようだ。あるいは、今まで夏月が羽生の様子を遮ってしまっていたせいで不用意な発言をしてしまったのかもしれない。

「……人のゴミを漁るなんて、ずいぶんな趣味だな」

言葉を選ぶようにわずかの沈黙の後、羽生が吐き捨てるようにつぶやいた。

「ち、――違うんです、これは僕が……！」

「誰がやったって同じことだ」

椎名を庇おうとして口を挟んだ夏月を一瞥もせずに、羽生が椎名に歩み寄る。足音もなく。まるで幽霊のようだと思った。

まっすぐ椎名に向かった羽生はその手から雑誌を取り上げると、分厚い本を丸めて握り潰した。だけど、その本がその形に潰れるのは、初めてではないような気がした。ページがところどころ折れていたのは、そのせいだ。

「お前たちがどういう関係だろうとこの家で何をしようと構わないけどな、人の捨てたものを勝手に見るっていうのは一緒に暮らす上でのマナー違反じゃねえか」

雑誌を握る羽生の手が微かに震えているように見えた。たぶん、椎名も気付いているんだろう。なにごとか言いかけて、一度飲み込んだ。

「――進一郎、ごめん。わざとじゃないんだ」

「わざとだったらこんなに冷静に話してない」

羽生はいつも以上に淡々とした口調だ。だけどそれが冷静なようには、とても見えない。

肩を上下させて息をついている様子は、叫びだすのをこらえている獣のような雰囲気を醸し出していた。

「羽生さん、あの、僕も……本当に、ごめんなさい。一度縛られたものを安易に解いてしまって……だから、」

「ナツ」

大きく息を吐いた羽生がゆっくり視線をこちらに向けると、夏月は無意識に恐怖して身を竦めた。

羽生が怒鳴りもしない、手を上げるような人じゃないことはわかっているのに。

それに、悪いのは自分なのに。

「俺はお前に謝りすぎだと言ったけどな、――謝りゃなんでも済むと思ってる、その性根に苛ついてんだよ」

「っ進一郎、言い過ぎだ」

椎名が廊下を立ち上がって、見たこともないような険しい表情で眉をつり上げた。

「言い過ぎ？　本当のことだろ」

「……！」

冷めた羽生の視線に一瞥された椎名が、胸ぐらに腕を伸ばした。羽生はピクリとも反応しない。

「やめてください！」

夏月は、叫ぶように声をあげていた。

ただつかみかかっただけかもしれない。椎名が羽生を殴ることなんて想像もできない。だけど、そうなってもおかしくないと思った瞬間夏月はさっと血の気が引いて、その場に立っているのもやっとというほど怖くなった。

謝れば済むなんて思っていない。でも、羽生を苛立たせているのだとしたらそれがすべてだ。

羽生が椎名にそうするように笑ってくれたから、夏月の欲しい言葉をくれたから、そばにいて欲しい時にいて慰めてくれたから甘えてしまっていたけれど、実際のところは苛つかせていたのか。

このところ浮ついていた気持ちが、急速に冷えて硬くなっていく。

不快な思いをさせてしまった羽生に対して、やっぱりごめんなさいという言葉しか浮かばなくて夏月はうつむいたまま唇を震わせていた。

視界の端で、椎名が羽生の胸ぐらをつかんでいた手を下ろしたのが見えた。

「ナツお前、残りの借金はいくらだ？」

冷えきった廊下に、羽生の掠れた声だけが無機質に響く。

夏月がこの家で過ごすようになってから、一人の時も、まだ慣れない羽生と二人きりになった時も、

こんなに肌寒いと思ったことはなかった。きっと季節のせいだろう。

気付くと、もう半年以上甘えていたから。

夏月はさっき隠した完済通知をエプロンの上から握りしめた。

「俺が立て替えてやるよ」

「えっ……？　いや、そんなことしていただけません！　置いていただいただけでも十分なのに」

弾かれたように顔を上げて羽生の顔を仰ぐと、虚ろな目が夏月を見下ろしていた。

「わかんねえのか、金を払ってでも出て行ってもらいたいと思ってんだよ」

「……！」

まるで、胸を氷で突き刺されたようだった。

呼吸もできなくなって、壁に背中を預ける。

いつかは出て行くつもりだったし、その時には悲しくなるだろうと覚悟もしていた。

だけど、こんな終わり方が来るとは思わなかった。

これじゃ、せっかくかけてもらった恩を仇（あだ）で返しただけだ。

「椎名、お前ももういいだろ。……お前と違って、俺は一人になりたいんだよ」

握りしめた雑誌に爪を立てて、羽生がゆっくり視線を伏せた。

踵を返して、さっきまで賑やかだったリビングに戻っていく。羽生一人で。

「いい加減、一人にしてくれ」

暗い声で最後につぶやいた羽生がどんな表情をしていたのか、夏月にはわからない。

◆8

段ボール四箱とデイパック一つで転がり込んできて、半年あまり。

節約を心がけていたから物は増えていないとばかり思っていたけれど、新たな段ボールに荷物を詰めると五箱になった。

買い足した冬服や、参考書。夏月が勝手に買い足した調理器具は置いていくとして、自分の食器類は持って出ることにした。

「ナツくん、荷物はこれだけ？」

「はい」

大掃除の日から半月。

夏月は引っ越し業者に頼むほどでもない荷物をレンタカーの軽トラックに積み込んでいた。

「これくらいなら、ちょっとしたバンでも良かったかもね」

運転してくれるのは、夏月より少し早く羽生の家を出た椎名だ。

「そうですね……」

珍しくデニムを履いた椎名はいつものように笑っている。まるでちょっと遠出をするかのような様子だ。

椎名が先に家を出ていった時も、夜になったらまた帰ってくるような気がしていた。だけど次に羽生の家の扉を開いたのは引っ越し業者で、あっという間に椎名の部屋は空っぽになってしまった。

最後はあっけないものだった。

「じゃあ、行こうか」

「あっ……」

夏月は一度羽生の部屋の窓を仰いだ。

忘れ物はないだろうかとか、昨夜隅々まで掃除したつもりだけれどもう一度部屋を掃除しておいたほうがとか、世話になった部屋にもう一度挨拶を――といろいろ考えるものの、どれもただの口実だ。

ただ、離れ難いだけだ。

あの日から、羽生はほとんど家に帰ってきていない。

椎名は仕事が忙しいんだよと言っているけれど、それだけじゃないだろう。

顔も見たくない、そう言われているのだ。

赤の他人を家に招き入れて一緒に生活するなんて、どう考えたってストレスになるに決まっている。

そんなのわかりきったことなのに、羽生に甘えていた自分が恥ずかしかった。苛立たれても当然だ。

「――はい。行きましょう」

夏月は誰もいない窓に向かって頭を下げると、椎名の乗り込んだ軽トラックを振り返った。

「住所どこだっけ？」

ナビに夏月の新しく借りた物件の住所を入力して、椎名が車を発進させる。

都心からは少し離れてしまうけれど、家賃の安いアパートを運よく見つけることができた。もし見つからなければ羽生の言うとおり金を借りてでも――ということになっていたのかもしれない。それだけはどうしても避けたくて、条件を家賃の低さのみに絞って探した結果だ。

「朝のバイトには通えるの？」

大学の近くにあるカフェまで、新居から電車で一時間近くかかる。始発やそれに近い電車で向かえば通うことは可能だけれど、それだけ大学から家が遠いということは帰宅時間も遅くなってしまう。予備校のアルバイトで遅くなった翌日に始発に乗ろうと思うと、また体を壊しかねない。

「来月、辞めることにしました」

夏月は膝の上で手をぎゅっと握り締めながら、小さく答えた。

羽生の家を出て行くことになって以来、椎名はカフェに来ていない。

椎名と今日会ったのも久しぶりだし、きっとこれからは会うこともなくなるんだろう。そう思うと涙が零れてきそうで、夏月は必死でそれをこらえていた。

「……あの後、どうしても気になって会社で古い情報を浚(さら)ってみたんだけど」

珍しく神妙な表情を浮かべた椎名の声が、低く、濡れたような音を帯びた。

夏月はゆっくり顔を上げて、運転席の椎名を窺った。

「進一郎は確かに一部じゃ知られたピアニストだったみたいだよ。だけど、音大を卒業したあたりでぱったりと弾くのをやめてる。声がかからなくなったのか、本人がやめたのかはわからないけど」

「でも、羽生さん自分のピアノ曲のＣＤ聴いてました」

あれが羽生の曲だったのかどうか、確かめる術(すべ)はない。でも、羽生が他人の曲をつまらないだなんて言うことは考えにくい。

「それに、部屋に自分がピアノを弾いていた時の写真が――……」

「まあ、未練がなかったらあんなに怒りもしないよ」

思わず唇を震わせて語気を上げた夏月に対して、椎名の声はどこか冷たく感じた。

はっと我に返って、口を噤む。

椎名がいつもと同じ調子で笑っていたからって、あんなふうに羽生の気分を害したことが心の重荷になってないわけじゃない。夏月よりも付き合いが長いほど、その気持ちも強いだろう。

「会社のおじさんたちで、本当に音楽が好きで働いてる人なんかは進一郎のことも知ってるのかもしれないね。僕は知らなかった。進一郎は自分のことは話さないしね」

「……椎名さんは、怒ってます？」

膝の上で握りしめた掌が汗ばんで、夏月はそっとパンツの表面で拭った。

椎名がちらりと助手席の夏月を一瞥して、苦笑を浮かべる。改めて椎名の顔をよく見ると、目尻に笑い皺があった。

「進一郎に？　怒ってないよ。……喧嘩を買ってくれない相手に怒っても無駄でしょ。僕も喧嘩を売るのは得意じゃないしね」

雑誌ならいくらでも売り込めるんだけど、と椎名は渇いた笑い声を漏らした。夏月も笑って返したつもりだけれど、唇が少し引き攣っただけだった。

運転席と助手席の間につけられたナビの表示が、目的地までの到着予測時間を報せている。それが椎名と一緒にいられる残り時間のような気がして、夏月は自分で自分の手を強く握った。

「椎名さん、今はどこに住んでるんですか」

社会的にも収入的にも、椎名が夏月よりも早く引っ越し先を見つけられたのは当然だ。だけど自分の引っ越し先が決まるまでそれを尋ねる勇気がなくて、聞くことができなかった。

他意はない。

また椎名に会える時は会えるだろうし、会えないならそれまでだ。

こんな優しい人に半年間も良くしてもらったんだからそれだけでも感謝すべきことで、引っ越し後も椎名を追いかけようなんて、そんなつもりはない。

ないけれど。

まるで通りすがりの人と別れるようにはいかない。

「僕は、友達の家だよ」

都下に入ってナビを見ながらハンドルを切った椎名が、なんでもないことのように言った。

「友達？」

「うん。僕、一人になることができないからね」

目を瞬かせた夏月に、椎名が首を竦めて見せる。

そういえば羽生が椎名を一人で眠ることのできない人間だといっていたことがあったけれど、そんなのただの比喩(ひゆ)だと思った。

椎名があまりに早く引っ越し先を見つけたから夏月は焦ってしまったけど、それは新しい家じゃなくて——新しい宿主だったのか。

相手は女性なのか男性なんだろうか。椎名の友達という言葉に戸惑って、夏月は気付くと胸を押さえていた。

「じゃあ、あの……僕の家に、きませんか」

「え？」

赤信号で車を停めた椎名が、目を丸くして夏月を見た。

予想だにしていなかったという顔だ。

だけど友達の家に世話になるというならそれが夏月だってかまわないはずだ。確かに都心からは離れてしまうけれど、そもそも椎名に一人暮らしをするつもりがなかったなら、最初に夏月に声をかけてくれたらよかったのにと思うと悲しくなる。

「あ、あの……っあんなことしたり、好きって言われたから勘違いしてるとかじゃなくて——……その、僕はまだ椎名さんにまだお礼を返せてないし……」

「ナツくんちだけは無理だよ」

運転席に身を乗り出した夏月に、椎名は双眸を細めて笑いながら車を発進させた。

シートベルトに支えられた体が大きく揺れるのと同時に、夏月は言葉を失った。

無理、という言葉と椎名のやわらかな笑顔だけが空虚な胸の中にころんと落ちてくる。呼吸をすることも忘れてしまった。

帰る家をなくした夏月を心配して羽生の家に連れて行ってくれた椎名に感謝したい気持ちは本当だった。だけどばっさりと断られると、そんなのは口実だったのかもしれないと思える。

本当は、椎名と離れ難かっただけだ。

「ナツくんはあんまり信じてないみたいだけど、僕本当にナツくんのことが好きなんだ。大好きで大好きで、大切なんだよ」

呆然と椎名を見つめた夏月に、椎名は歌うような声で言う。

好き——だなんて椎名には言われ慣れてしまったような言葉だけれど、言われるたびに表情を変える不思議な言葉だ。

アルバイト先や、あるいは羽生の前ではまるでありふれた言葉のように軽いのに、夜、ベッドの中で夏月を抱きしめた腕の中で聞くと蕩けてしまうように甘く感じる。今は、まるで胸から零れてできそうな気持ちを深く深く抑えたような、重い言葉に聞こえた。

「っ、……僕が特別な一人、になれないからですか？」

緊張して、頬が痙攣した。

羽生にそんなつもりはなくても、椎名が夏月を好きだというなら他の人間と仲良くして欲しくなかったのかもしれない。

誰にでも尻尾を振る馬鹿な犬みたいに思われたのなら、自業自得だ。

むしろ、こんな夏月に対してまだ優しい言葉をかけてくれる椎名が優しすぎるくらいだ。

知らずうつむいてしまった夏月に、運転席から腕が伸びてきて髪を撫でた。

「僕は別に、ナツくんの気持ちを強いるつもりはないよ。ナツくんにとって僕が特別な存在じゃなくても、僕にとっては特別だからそれでいいんだ」

「だ、……だったら――……！」

椎名の言っていることがわからなくて、泣きそうになってくる。

夏月だって椎名のことが好きだ。

好きという気持ちは必ずしも同じではないから、椎名の言う好きもよくわからないし、夏月だってどうしたらいいかわからない。

ただ、椎名に会えないでいるのは寂しい。

ここのところずっと、毎朝椎名がカフェに来ていた時間に自動扉が開くたび椎名かと思って期待しては胸が引き裂かれる思いだ。

「ナツくん、僕のことが好きでしょう？」

泣き出しそうな夏月の表情を横目でちらりと窺った椎名が、困ったように笑った。

夏月は声もなく、大きく肯く。

夏月に触れられるようになった椎名のスキンシップがあまりにも多くなっていたから、本当は今だって運転席の椎名に触れたくなってしまうくらいだ。なんでもない時にドライブに出かけていたらよかった。こんなふうに別れるためのドライブなんて、苦しすぎる。

「ナツくんが僕のことを好きなままお別れしたいんだ」

椎名は笑っている。

フロントガラスを向いた椎名は、鼻歌でも歌いだしそうないつもの通りで、整った顔を歪めようともしない。

「三人なら、良かったんだけどね。ナツくんが僕のことを好きで、進一郎のことも好きで、それでよかったんだ。僕はね、特別な人の特別になるのは怖いんだよ」

夏月は小さく口を開いたまま、呆然と椎名の横顔を見つめた。

微笑んでいる椎名の表情はいつもと変わらないのに、ぞっと背筋が冷たくなるような気持ちだ。

椎名はどこか歯車が違ってしまっている。夏月は、無意識に喉を鳴らした。

「ナツくんのことが大好きだよ。だから、二人にはなれない。君に捨てられてしまったら、僕を救ってくれる人はもういないんだ」

「そ……んな、こと――……」

夏月が椎名の気持ちにすべて応じられるかはわからないけれど、捨てるなんてことは考えられない。

それに、夏月に何かあって椎名を一人にしたからといって彼を救う人が現れないなんて誰にもわかりはしないのに。

だけどどこか幸せそうな椎名に、夏月はかける言葉を失った。

「僕は遠くで、ナツくんのことを想ってる。そうすれば、気持ちが報われることもないけど裏切られることもないから。片思いなら、永遠に続けられる」

同意を求めるように椎名は微笑んで助手席を向いた。

無理してそう思い込んでいるようには見えない。あるいは無理をしたのかもしれないけれど、それはきっとずっと前のことだ。夏月に出会う前かもしれない。

夏月は椎名に向かって一度口を開いてみたけれど、何も言えないまま再び押し黙った。

「僕はナツくんのことが大好きだよ。この先も、ずっと」

運転席で椎名が言った。

何度も耳元で囁かれたような、甘い声だった。

◆9

「森本さん、伝票ってどこにしまえばいいですか？」

朝のラッシュの切れ間、ようやく客足が落ち着いた時間に声をかけられて夏月ははっとした。目を瞬かせて振り返ると、新人アルバイトの男子学生が業者の納品伝票を持って立っている。

「あ、……ごめん。ええとレジの下のファイルに――」

飲食店でのアルバイト経験があるという彼は、夏月が辞めた後の代わりとして入ってきた。手際はいいし覚えも早い。人当たりも良くて、引継ぎも問題なく済みそうだ。

「やっぱり遠いところから通うのしんどい？」

次のシフトに替わる前のレジ締めを行いながら、慣れ親しんだ女の子が夏月の様子を心配したように声をかけた。

首を振って、苦笑する。

朝の繁忙時間は何も考えずに目の前の仕事に没頭できるけれど、ふと手持ち無沙汰(ぶさた)になると気持ちが塞いでしまう。

椎名が店に来なくなった当初は同僚の女性一同に問い詰められたものだけど、夏月が引っ越すためにアルバイトを辞めるというと尋ねてこなくなった。

椎名が何を思ってカフェに来るのをやめたのかは、夏月にもわからない。

夏月は好きな人がいれば、それが叶うものではないと思っていても会いたくなってしまう。まして、相手が自分のことを好意的に思っているとわかっていたら。だからこそ離れていたいなんて気持ちは、夏月にはわからない。

それだけ、椎名の心の傷が深いということなのかもしれない。

夏月は始業時刻が過ぎて空きの目立ってきたテーブルを拭いて回りながら、その表面に映った自分の顔を見下ろしてため息を吐いた。

寝不足なんてたいしたことはないし、カフェに代わる新しいバイトも決まりそうだ。新しいアパートは家賃が安いわりに近所の物音が気にならない立地にあって、思いのほか快適に過ごせる。

思えば今まで大学の寮では隣の部屋の笑い声が聞こえるほどの壁の薄さに頭を悩ませたし、初めてのルームシェアは生活リズムが違うせいで生活音に気を使った。羽生の家では気疲れすることなんてなかったけれど、そのぶん羽生に負担をかけさせていたのかもしれない。ルームシェアの終わり方は、どちらも後味が悪い。

そう考えればようやく一人暮らしをできた今は幸せなのかもしれないと思える。

家に帰っても一人だし、作りすぎた料理は翌日も食べなければならないけれど。

羽生が一人にしてくれといったのもこういう意味なのかもしれない。

店内に流れる音楽がピアノ曲を奏で始めると、夏月は涙ぐんでしまわないようにぐっと顔を上げた。ダスターを握りしめて、厨房に入る。

椎名も夏月もいなくなったマンションで、羽生は一人でクラシックを聴いているんだろうか。あの強い香りのブランデーを嗅ぐように飲みながら。

椎名は、夏月の知らない誰かの家でまるで我が家のように寛いでいるのかもしれない。新しい宿主が羽生のように椎名の悪癖を禁じていないなら、彼はまた自棄になったように人と付き合っていくんだろうか。椎名が、夏月と結ばれる気がないのならそうするのもおかしくはないのかもしれない。

店内で流れるピアノソナタが徐々に強さを増して、厨房まで逃げ込んだ夏月を追って響いてくる。

夏月は濡れた手で耳を塞いで、唇を強く噛んだ。

「森本さん」

その時、カウンターにいた新人アルバイトから声をかけられて夏月は振り返った。

熱くなった目頭を擦り、気を取り直すために深呼吸をする。

今は仕事中だ。気持ちを切り替えなければいけない。

「どうかした？　なにか質問——……」

足早に厨房を出て、カウンターに戻る。するとそこには見覚えのある顔があった。

「……っ、長谷川……！」

半年も前に夏月を置いて出て行った元ルームメイトが、ばつの悪そうな表情で立っていた。


「ほんっっっっっっっっっとーーーに、ごめん！」

夏月のアルバイトが終わるのを待って、長谷川はカフェのテーブルに額を擦り付けるように頭を下げた。

その手には、お金の入った封筒が握られている。

中身を確認する気力もない。夏月は重いため息を吐いて、金色に脱色された長谷川のつむじをじっと見下ろしていた。

「夏月を騙すつもりはなかったんだよ、ホント。ただ彼女がすげー金かかってさあ……」

「その彼女は？　今も付き合ってるの？」

頬杖をついた夏月を窺うように見上げた長谷川は、けろりとした顔で首を左右に振る。

長谷川はいつもそうだ。

今度の彼女は一生大切にすると何度も誓って、そのたびに三ヶ月以内には破局してしまう。最短で二週間の時もあった。

交際経験のない夏月には、二週間だけの「彼女」が本当に恋人といえるのかどうかよくわからない。長谷川が恋に落ちる相手はいつも夜の飲食店で働いている女性か、風俗嬢ばかりだ。それは営業なんじゃないのかと思うけれど、話を聞く限り付き合ってるのは本当のようだ。

ただ長谷川に別の女性が現れるか、あるいは彼女から振られてしまうかどちらかの理由であっという間に終わってしまうだけで。

だから、その時交際していた彼女がお金を必要としていたというのも――長谷川自身騙されていたというよりは、本当にお金のかかる女性だったんだろう。

夏月には男女間のことはよくわからない。

彼らが本当に交際しているようだといっても、実際のところ肉体関係のある友人のようなものなんじゃないかとさえ思える。

今日も首筋にキスマークの痕を覗かせている長谷川の気まずそうな様子を見ていると、夏月の脳裏に椎名と羽生の顔がまた過ぎった。

彼らとのふれあいは同性同士での肉体関係といえるのだろうか。快楽を得るという意味では同じかもしれない。だけど、夏月は長谷川のようにあけすけには割り切ることができない。

「本当は使い込みがバレる前にパチンコで元に戻して、さっさと大家さんに払っちゃうつもりだったんだけどさー、そうもいかなくて」

「当たり前だよ。ギャンブルはそういうもんだよって、言っただろ？」

夏月が呆れて言うと、大袈裟に胸を押さえた長谷川は呻（うめ）きながら項垂れた。反省してるという意思表示だろう。こういうところがあるから長谷川は憎めない。

とはいえ、事情も話さずに逃げたことを許せるというわけでもないけれど。

「というわけで、半年間、真面目（まじめ）に働いて——……あ、ちょっとパチンコもやったけど……とにかく稼いできた、えーっととりあえず、三十万」

ずるり、と封筒が差し出される。

現金で三十万円の束というものを見たことがなかったけれど、こうしてみると意外とこんなものかという厚さだ。

とはいえこの三十万円を稼ぐとなると大変な思いをするというのは夏月だって痛いほどよくわかっている。

「あー、とりあえずっていうのは、俺が使い込んだ夏月の家賃分って意味で……たぶんもっと返さなきゃいけないってのは、わかってんだけど」

自分が稼いだ三十万を断腸の思いで引き剝がしたいのか、腕いっぱい伸ばして封筒を押し付けてくる長谷川の顔を、夏月は思わず怪訝な顔で見返してしまった。

たしかに長谷川は良い奴だと思ったから友達だったのだし、忽然（こつぜん）と姿を消されるまで信じていた。だけど金銭的にルーズなところがあるし、一緒に暮らしている時も夏月のものは俺のものとばかり勝手にものを食べる、使うというのは当然のようにされていた。

夏月の前に顔を出す以上金は返せと訴えるつもりだったけど、まさか長谷川から自発的にこんなまともなことを言われるとは、正直期待していなかった。

「あー……あのさ、今の彼女、が」

また彼女か。

訝しんだ夏月の表情を見た長谷川が気恥ずかしそうに頭を掻く。長谷川は二言目には彼女のことばかりだ。

夏月にはそれが自分にはないものだから面白くもあった。

「……俺、結婚したいって思ってるんだけど」

「結婚？」

思わず素っ頓狂な声をあげてしまった夏月に、店内の視線が集まった。

時間帯の違う、あまり親しくない店員もこちらを何事かと窺っている。

「もう五ヶ月くらい付き合ってるし、今の彼女はホント、今までにないくらいすげーいい子で……結婚したいって、初めて思ったんだ」

照れくさそうに視線を泳がせた長谷川は、しかしどこかうれしそうでもある。

夏月はあまりのことに瞬きも忘れて、長谷川のはにかむ表情に見入っていた。

「でも、その子ほんとにちゃんとしててさ。俺がぽろっと夏月のこと話したら、ちゃんとお金返してきて、って……俺、結婚式には夏月を呼びたいしさ。金返さなきゃ、呼べないじゃん？」

目の前にいる長谷川が、まるで今まで知ってる長谷川とは違う人のように見えた。

夏月が知る限り、長谷川はどんなに今の彼女に夢中になることがあっても結婚なんて考えもしない男だった。だって三日後には運命の女が現れるかも知れねーじゃんというのがその理由で、どんなに前後不覚になっても避妊だけは完璧にするというのが自慢だった。

「……じゃあ今の彼女が、運命の人なんだ？」

唖然とした夏月がぽろっと口端に乗せると、長谷川は一瞬きょとんとした後大きく口を開けて笑った。

「ま、そうなるのかな」

こんなにあっさり認めるなんて意外だ。

運命の相手なんて、長谷川の逃げ口上のようなものだと思っていたのに。本当は本人だってそんなもの信じていなかったはずだ。

「なんか今までの彼女とはぜんぜん違うタイプで、全然好みじゃないし、好きになる理由が一個もわかんねーんだけどさ……なんか俺、あいつと一緒にいると幸せなんだよね。居心地がいいっつーか……こいつと離れたくないって、すげー思うの。あいつと別々の人生を進む俺が想像できないんだ」

視線を伏せ、噛み締めるように大切に言葉を選ぶ長谷川の表情は穏やかで、夏月が今まで見たことのない男の顔をしていた。

長谷川がそんなに想いを寄せる彼女がどんな人なのか夏月はまだ知らないけれど、きっと朗らかで、長谷川を包み込み、許すだけじゃなくて叱咤できるような優しい女性なんだろう。

その人と一緒にいる長谷川がどんな表情をするのか、考えるだけで胸がいっぱいになる。

「彼女も俺のことすげー苦手なタイプって言ってんだけど、俺がいないとだめだから、頼むから夏月に金返してこいって――……おい、夏月!?」

照れくさそうに頭を掻いた長谷川が再び顔を上げると、ぎょっとしたように目を瞠った。

その様子に驚いて夏月も目を瞬かせると、頬の上を涙の雫が零れ落ちる。

「えっ……あ、えっ？」

「お、おい、ちょっと……！　あのホント、ごめんって！　夏月が大変な思いしてる時に俺ばっかり……」

正面の席を立ち上がった長谷川がテーブルの上の紙ナプキンをまとめて取って夏月の頬に押し付けてくる。いいよハンカチ持ってるからと言いたいのに、涙が次々溢れてきて言葉にならない。顎先から伝い落ちた雫が音を立ててテーブルを打つ。

大変な思いなんてしてなかった。

長谷川が消息を絶って、訳のわからないまま家を追い出され借金を背負わされたけれど、そのおかげで椎名たちと暮らすことができた。

羽生にとっては大変だったかもしれないけれど、夏月は幸せだった。

居心地がよくて、――彼らと離れたくなかった。

いつかは出て行かなくちゃいけないと頭ではわかっていたけれど、もう二度と椎名や羽生に会えなくなる日が来るなんて、考えてもいなかった。

「おい、夏月……ごめ、ごめんって……」

言葉にならず、泣きじゃくった夏月に困り果てて長谷川は情けない声をあげている。

長谷川は変わった。きっと、今の彼女に会えたからだ。

夏月は変われたんだろうか。

変われたとするなら、彼らに何か返すことはできたんだろうか。

居心地の悪さや、寂しさを残すことしかできなかったのかもしれない。

「僕、——……行かなくちゃ」

震える唇を痛いくらいにぐっと噛んで、袖口で涙を拭う。鼻声でつぶやいた声は、長谷川にはよく聞こえなかったようだ。

聞き返した長谷川にお礼を言って立ち上がる。

行かなくちゃ。

——このまま終わるなんて、嫌だ。

◆10

「……すみません、急に訪ねてきたりして」

羽生の姿を見るのはいつぶりだろう。

出て行けと言われて以来、まともに対峙するのは初めてかもしれない。

このままじゃだめだと会社を訪ねたはいいものの、受付で真正直に自分の名前を名乗って羽生が降りてきてくれるか正直自信がなかった。

しかしロビーに降りてきてくれた羽生は以前と何も変わった様子のない、ポーカーフェイスで夏月を見下ろした。

「何か忘れ物か？」

ボタンを開いたワイシャツから覗く首筋を指先で掻きながら気だるそうに言った羽生からは、煙草の匂いが強く漂ってくる。

羽生が家で煙草を吸っている姿を見たことはなかった。もしかしたらそういうところでも気を使わせていたのかもしれない。羽生はひどく、気のつく人だから。

「忘れ物なら、勝手に取りに行っていいぞ。鍵ならまだ変えてねえから」

「忘れ物じゃ、ないです」

ぐっと腹に力をこめて、夏月ははっきりと言葉を発することができてひとまず安心した。こんなところまで押しかけてきて声を震わせているわけにはいかない。

会社のロビーに面した商談スペースの椅子にいつまでも腰を下ろそうとしない羽生の顔を睨み付けるように見上げると、冷たい表情が少し険しくなったようだ。

「じゃあ何の用だ？　やっぱり金を――」

夏月は思い切り首を左右に振って、さっき長谷川から受け取ってきたばかりの封筒が入った鞄を握り締めた。

「じゃあ何だよ。悪いけど俺は忙しいんだ、ガキの駄々にいつまでも付き合ってるわけにはいかねえんだよ」

「忙しいところすみません！　でも、どうしても――……話が、したくて」

ともすれば羽生がそのまま踵を返してしまいそうで、思わず夏月は椅子を立ち上がった。

簡易的なパーテションで区切られただけの商談スペースだ。周囲に話し声は漏れているかもしれない。

夏月はあわてて声を抑えて、うつむいた。

緊張で喉がからからに渇いている。

無我夢中でここまで来てしまったけれど、何を言えばいいのか、どうしたらいいのかははっきりとはわからない。

「俺に用はない」

「い、……一方的に話を終わらせないでください」

震えてしまいそうになる唇を噛み締めて、うつむいたまま視線でだけ羽生を窺う。

羽生が呆れているのが、全身でひしひしと感じた。

ごめんなさいと謝って、泣きついて、逃げ出してしまいたい。

だけどそれをしたら夏月はこれまでと同じだ。

「勝手に羽生さんの捨てた雑誌を見てしまったことは、……謝ります。あ、謝れば済むと思っているわけじゃなくて！　悪いことをしたと、思ってるからです」

夏月がその場で頭を深く下げても、羽生の反応はない。

だけど、その場には留まってくれている。椅子には座らないけれど、夏月を置いていったりはしない。

夏月は大きく息を吸い込んで、もう一度羽生の顔を仰いだ。羽生が片眉をピクリと震わせたのが見えた。

「……それで？」

取り付く島もないというのはこのことを言うのだろう。

だけど夏月は、そこにしがみつきにきたのだ。すごすごと帰るわけにはいかない。

「僕は羽生さんに、喧嘩を売りにきました」

緩く腕を組んで退屈そうにしていた羽生が思わずといったように喉を詰まらせた。

表情がまた変わって、怪訝そうに眉が顰められている。

こうして少しずつでも羽生の冷静な表情を切り崩していけるのが、前進なのかそれともますます嫌われていくだけなのかも知れない。

だけどどっちにしろ終わってしまうなら、まさに当たって砕けろ、だ。

「僕が以前好きだと言ったピアノ曲は、あれは……羽生さんの曲ですよね？」

「関係ないだろ」

「関係あります！　……そりゃ見られたくないものを勝手に見るのはマナー違反ですし、それが原因で出て行くことになるのも、納得できます」

いずれは出て行かなければいけなかったのだから。

夏月がいくら考えたくないと思っていても、羽生にとってはそうじゃなかったのだから。

どんな関係だって同じだ。自分が焦がれるほど好きな相手が、自分を同じように好きになってくれる確率なんて奇跡に近い。その天秤が完全につりあうことなんてないのかもしれない。だから椎名は、夏月とだけは一緒に暮らせないと言ったんだろう。

お互いの気持ちが同じじゃないから、それは仕方のないことだから諦めるような椎名のことを、夏月は悲しいと思う。

「でも羽生さんが見られたくないことをわかっててわざと暴いたわけではないし、どうして隠していたのかも知りません。わからないままおしまいだと言われて、僕は納得できないんです」

嫌なものは嫌だ。理屈じゃないことだってある。

夏月を面白おかしくいじめていた同級生たちだって同じように言うだろう。お前がむかつくのに理由なんてないんだと。

でも羽生は彼らとは違う。そう信じているから、夏月は強い眼差しで羽生を見据えた。

「震えてんぞ」

知らず拳を握りしめた夏月の手元を一瞥した羽生が揶揄するように話を逸らしたけれど、目に見えて震えている手を夏月はもう一方の震える手で押さえた。

「そりゃそうです、だってこんなの……怖いです、気持ちの殴り合いみたいで。でも、僕はもう逃げたくない。どうしても逃げたくないし、逃げないって、……決めたから」

震えを指摘されると、声まで震えてきてしまう。

何度も息をしゃくりあげながら、夏月は慎重に言葉を紡いだ。

その様子を見下ろした羽生が大きくため息を吐き出して首の後ろを掻く。

「――……うるせえな。話したくないことの一つや二つくらい誰にだってあんだろ。いちいち踏み込んでくるなよ。他人だろ」

「踏み込みたいんです！」

泣き出しそうになるのをこらえて、声を振り絞る。

そうと口にした瞬間、夏月の中で何かがカチッと嵌ったような気がした。

踏み込みたい。羽生の中に、椎名の中にも。他人ではいたくない。

今まで夏月は、他人はどうしたって他人だと思っていた。

大学の友達だって、一緒に暮らしていた長谷川だって。もしいつか拒絶されても大丈夫なように、心のどこかで保険をかけていたのかもしれない。

夏月が羽生や椎名と暮らしたことをただの思い出にしてしまったら、本当に他人になってしまう。踏み込もうとしたら、余計に傷つくことになるかもしれないけれど。それを恐れていたら、欲しいものは手に入らない。本当はそう言って、椎名を引き止めればよかった。

一緒に過ごしたあの時間を、苦い思い出にしたくない。

「僕は、羽生さんのことが好きだから」

「！」

羽生が息を呑んだ。

険しい表情を浮かべていた目が瞬いて、突然何を言い出すのかとでも言うように夏月を凝視している。

「僕は優しい羽生さんが好きだし、羽生さんのピアノの音が好きだし、羽生さんと離れたくないって思ってます。ずっと、思ってました。だけど羽生さんが僕に苛ついているなら不快な思いはさせたくないし、羽生さんが笑ってる顔が見ていたくて――だから……」

一度堰を切ったように溢れ出してくると、夏月は止まらなくなった。

啞然とした羽生が止めないのをいいことに、今まで抱え込んできた気持ちが次々と言葉になる。ずっとそう思っていたのに、伝えようとしなかった。

羽生が何を思って雑誌を見ただけで怒ったのか、それを聞きたいと願うよりも先に自分の気持ちを言うべきだった。

お金を返し終わったって羽生の家で暮らしていたかったと、もっとずっと早く言ってしまえばよかった。

「ちょっと、ナツくん！」

言葉と一緒に涙まで溢れてきそうになる夏月が顔を伏せようとした時、椎名の甘い声が耳に飛び込んできて羽生もそれを振り返った。

「ちょっと、二人とも会社のロビーで何やってんの？　話し声、外に結構聞こえてるけど」

「椎名さんも椎名さんです！」

椎名の変わらない顔が視界に飛び込んでくると、夏月は緊張が一気に解けて背後の椅子に座り込みながらまるで羽生が言う通り本当に駄々を捏ねる子供のように唇を尖らせた。

「椎名さんも僕の話なんてひとつも聞かないで、一人だけでどっか行っちゃうし」

話を止めに入ってきたはずが突然絡まれて、椎名が羽生と視線を交し合う。夏月はテーブルに肘をついた両手で顔を覆った。

「そりゃ椎名さんはいいですよね、会社で羽生さんに会えるし、僕のこと勝手に想ってるとか言って。カフェにも来なくなっちゃうし、僕は、椎名さんの思い出ばっかり残ってるのに」

まるで、夏月一人のけ者にされた気分だ。

もっとも実際、椎名と羽生が一緒に暮らしているところへ夏月は世話になっていただけに過ぎないのだけれど。

だけど一度交わった記憶を、なかったことになんてできない。

「僕の気持ちなんて、椎名さんは何も考えてくれないんですね。僕は椎名さんと違って、好きな人と離れていることなんてできないのに」

取り繕うように手を伸ばしてきた椎名を、夏月は指の隙間から恨みがましく見上げた。

椎名は困ったように眉尻を下げて言葉に詰まった。

「ちょっと待て、お前今俺のことが好きだって言ったばかりだぞ」

と、椎名に向けた夏月の視線を遮るように腕を掲げた羽生が表情をまた険しくさせる。

夏月は椎名が口を開くより先に、大きく深呼吸した。

自分の気持ちを誤らないように、まっすぐ言葉にしたい。それが椎名や羽生に伝わると信じたい。

「――僕は、みんなで幸せになりたいだけです。羽生さんは迷惑だったかもしれないけど、僕は三人で暮らすのが幸せだったから」

たまにしか合わない休日も、もっとたくさん過ごしたかった。

椎名にも羽生のピアノを聴いて欲しかったし、三人で食事に出かけてもみたかった。もし許されるなら、夏月が大学を卒業して教師になる夢を叶えられても、ずっとあの家から勤めたかった。羽生や椎名にしてもらったことを、夏月が自分の給料で恩返しもしたかった。

悲しい過去の話も、楽しい未来の話も、三人で共有したかった。

「――……別に迷惑だったわけじゃねえよ」

気持ちのすべてを吐き出して半ば放心状態になった夏月を見かねたように、小さな声で羽生がつぶやいた。

ばつの悪そうな、どこか照れくさそうな顔で。

「でも、僕に苛ついて……」

「ああ、もう……いいだろ。続きは帰ったら話すよ」

掻き毟るように頭を掻いてついには背を向けてしまった羽生が、吐き捨てる。

思わず夏月は椎名と顔を見合わせた。

お互いもう、それぞれ帰る家はあるはずなのに。

「じゃあ僕も、今日はなるべく早く帰るよ」

椎名が相好を崩して笑うと、夏月は大きく肯いた。

「じゃあ僕、……先に帰って待ってますね！」

◆11

久しぶりの羽生の家は、どこか肌寒い気がした。

椎名や夏月の物がなくなったとはいえリビングにはもともと羽生のそろえた家具しかなかったし、何も変わったところはないのに。

「火が絶えたからだろ」

帰宅した羽生はそう言っていつものようにリクライニングチェアに向かおうとした足を止め、ソファに腰を下ろした。

「火、……ですか？」

「もともと俺と椎名だけの時はこんなもんだったよ。料理する人間もいないし、メシは家で食わねえ。一緒に暮らしてるなんつっても、お互いただ寝に帰るだけの家だったからな」

夏月が自炊させてもらっていた、その火のことだろうか。

首を傾げながら背後のキッチンを振り返った夏月に、羽生がふはと息を吐くように笑う。

その表情を見ると、そんなことはどうでもよくなった。

羽生も一人になったこの家を肌寒いと思ってくれていたということだ。

「なんか、静かだね」

ラグの上でクッションを抱えた椎名がぽつりとつぶやく。

きっと、いつもリビングに流れていたクラシックがかかっていないせいだろう。あるいは三人とも、久しぶりに顔を合わせたせいで緊張しているのも原因かもしれない。

羽生がものも言わずソファから立ち上がってコンポに向かおうとすると、夏月は思い切って声をあげた。

「……あのピアノ曲が良いです」

「嫌だね」

そう言われることは、わかっていたけれど。

首を竦めて口を噤むと、椎名と視線があった。何のことかと尋ねたがっているようだけど、夏月にも確証はない。たぶんあれは、羽生の曲なのだけど。

「俺はピアノを辞めたんだよ。大学を卒業する前かな。どうにも、才能がなくてな」

優美な交響曲の音量を絞って再生した羽生は、リクライニングチェアの傍らに置いたままのブランデーを持ってソファまで戻ってきた。

　夏月も椎名も、口を開こうとはしない。

「それまで俺にはピアノしかなかったから。俺はこいつに愛されてないって認めるまで、しばらく時間がかかった。実際、未だにそれを思うと気が変になりそうだ」

　ソファに身を投げるように腰を下ろし、さっきまで水を飲んでいたグラスを手繰り寄せて羽生はブランデーを注いだ。

　才能がないなんて思わないと、夏月が言ってしまうのは簡単だ。

だけどピアノのことなんて知らない人間が言ったって、無責任なだけなんだろう。

夏月は羽生のピアノの音が好きだ。だけど、ただ夏月が好きなだけだ。

「趣味で弾いたりとかは？」

「しねえ」

　椎名の言葉に短く答えて、羽生がブランデーを呷る。

　夏月はあのブランデーの味を知っているだけに、見ているこっちの胃が熱くなってきそうな飲み方だ。

「俺はピアノに愛されないからって、ピアノを捨てたんだ。……俺が椎名の面倒をみてたのは、似てるところがあるって思ったからかもな」

　ああ、と声をあげて椎名が笑う。

　こんな時にも椎名の笑顔は屈託がなくて、やっぱり夏月には二人の間に入れないものを感じた。

「……でも、羽生さんは昔の雑誌をずっと持ってたし、ＣＤだって聴いてましたよね。写真だって」

「それに、僕だったらそんなに好きな相手に関係のある会社には勤められないな」

金管楽器のソロに耳を傾けながらグラスの中のブランデーを回す羽生が、苦い表情を浮かべた。

きっとあの雑誌は、まだ羽生の部屋にある。

一度捨てると決めて出したけれど、結局椎名に見つかって取り返したきり羽生は部屋に持ち帰っただろう。そんな気がしていた。きっと何度もそんなことを繰り返して、あの雑誌はボロボロになりながら羽生の心に巣食っている。

それが良いことなのか、それとも振り切るべきことなのかは夏月にはわからない。決められるのは羽生だけだ。

「そこが、俺の未練がましいところだよ」

大きく開いた膝に肘をついて、肩で息を吐いた羽生に雑誌を取り上げた時のようなピリピリとした緊張は感じられない。

どこか安堵(あんど)しているようにも見えた。

「過去をなかったことにして、知らない人間には押し隠して、自分でも忘れりゃいいのにな。結局俺は、しがみついてんだ。ピアノを辞めたら、俺には他に何もないから」

膝の間で組んだ手を何度も握り直した羽生の前髪がはらりと落ちる。表情が見えづらくなって、夏月は無意識に身を乗り出していた。

「お前らは俺のピアノを知らねえから、お前らの前では何者でもない俺でいられる気がした。だからあんなもん見つけられたってだけで過剰に反応したりしてな。……悪かったな、お前らに当たったりして」

薄く開いた羽生の唇から息が漏れる。笑ったつもりだったのかもしれない。だけどそれはうまくいかなくて、気付くと夏月は目に見えないそれを捕まえるように手を伸ばしていた。

実際触れたのは、羽生の手だったけれど。

「羽生さんは、羽生さんです」

両手でつかんだ羽生の冷たい手を、ぎゅっと握りしめる。

覗き込んだ羽生の顔はどこか呆然として夏月を仰いだ。

羽生はもしかしたらあの時本当にあの雑誌を捨てるつもりだったのかもしれない。捨てられると思ったんだろう。夏月と椎名がいるからそんな気持ちになれたのだとしたらそれはうれしいことだけど、捨てられなくたって構わない。

「ピアノを弾いていることを知らなくたって僕は羽生さんのことを好きだし、ピアノを弾いていたことを知ったってそれは変わらないです」

羽生が本当のところ何をどう考えていたのか、あの雑誌が今どこにあるのかなんて夏月の想像でしかない。今はただ純粋に、羽生が大切なことを話してくれたということがうれしい。

「……話してくれて、ありがとうございます」

強く握った羽生の手に額を寄せて、夏月はまるで祈るように瞼を伏せた。

羽生を怒らせたと思っていたからつらかったし苦しかったけれど、羽生を傷つけていたのだとしたらもっとつらくなった。だけどごめんなさいという言葉じゃなくてありがとうと言いたいし、この気持ちが、繋いだ手から伝わって欲しい。

「ねえ、あのさ」

羽生がじっとしていることをいいことに両手に力をこめた夏月の耳元へ、不意に椎名が近付いてきた。

「ナツくんは結局、僕と進一郎、どっちが好きなの？」

「え？　どっちって……」

顔を上げると思いのほか椎名は近くに寄ってきていて、鼻先が触れ合うほどだ。驚いて身を引こうとすると、椎名の手が夏月の足に触れてきた。

夏月が椎名のことも、羽生のことも好きなことを椎名は知っている。夏月が椎名に教えてもらったような気さえするくらいだ。

しかも、きっとこれで夏月が椎名を選んだりしたら、彼はまたどこかへふらりと消えてしまいそうな気がする。

どこかとろんとした瞳で見つめる椎名の質問に言い淀んで、夏月は視線を泳がせた。

「どっち……って、えーと……僕は、二人とも好きです」

これでいいかと確認するように椎名の顔を窺うと、その拍子に羽生が手を引き抜いた。思わずあっと声をあげて、羽生を仰ぐ。

冷たいと思っていた羽生の手が離れてしまうと、寒かったのは夏月の方だったのかもしれないと気付いた。

だけど羽生の手はすぐに夏月の頭に伸びてきて、以前のように髪を撫でた。

「本当にお前は馬鹿だな」

ため息混じりに呆れられているのに、羽生の表情は和らいでいる。

笑っているようなその表情がもっと見たくて夏月が目を逸らせずにいると、羽生の顔がもっと近付いてきて唇にそっと触れた。

「……っ！」

目を瞠った夏月が身を引くとあっけなく羽生の唇は離れてしまったけれど、背後の椎名にぶつかって、そのまま腕の中に閉じ込められた。

椎名の腕の中は相変わらずあたたかい、けれど。

「俺らの言う好きっていうのはこういうことだぞ」

夏月を啄んだ唇をぺろりと舐めた羽生が目を眇める。

その表情にどっと胸が高鳴って、夏月は身動いだ。それを諌めるように椎名の掌が胸の上を這う。

「えっ……あの、椎名さ」

椎名の掌がシャツ越しに胸の突起を探しているようで、夏月は羽生の視線を気にしながら焦って手を抑え込もうとした。だけど椎名の指先は容易にその場所に辿り着いて、あわてた夏月を嘲笑(あざわら)うように周囲にくるりと円を描いた。

「っ……あ、の」

「進一郎ともエッチなことしたんでしょ」

背後から体を押さえこんだ椎名が耳朶へ唇を押し付けてくると、夏月は体の奥底で燻(くす)ぶる疼きを思い出した。

それを振り払うように、首を小刻みに振りかぶる。

「あ、あれは羽生さんが僕を慰めてくれようとして――……」

確かにそれに甘えて淫らなことをねだったのは夏月の方だけど。

手首を押さえても、椎名は指先を先端に這わせてこようとする。夏月が体を熱くさせながらいやいやと肩をばたつかせた。目をぎゅっと瞑って顔を伏せていても、正面の羽生の視線を感じるようだ。

「馬鹿かお前は」

膝をもじつかせ、椎名の手を抑えながら体を縮めた夏月の髪を羽生が撫でる。

「ば、ばかばかって言わないでください……っ！」

羽生が本気で夏月を馬鹿にしているわけではないことはわかっていても、子供扱いされているばかりなのは嫌だ。

拗ねたように唇を尖らせた夏月が恨みがましく羽生の顔を見上げると影が落ちてきて、再び羽生の唇が吸い付いてくる。

「っ！　ん、ぁ……っふ、ぅ」

今度は唇の内側を舌先がなぞってから、歯列を押し開いた。

ブランデーの香りがする羽生の舌に夏月がぶるっと身震いしながら思わず口を開くと、その瞬間椎名に乳首をつまみ上げられた。

「んぁ……っ！　あ、ん……っん」

ゾクゾクとしたものが背筋を勢いよく駆け上がって、身をよじってしまう。

耳元で椎名が笑い声を漏らした。その視線が、目の前で交わり合う羽生と夏月の唇に注がれているように感じていたたまれない。それなのに、羽生のキスを拒むこともできない。

「なんで俺が、男を慰めるのにあんなことまでしなきゃならねえんだ」

ひとしきり夏月の歯列を舐めた後で唇を離した羽生が、掠れた声で不機嫌そうに漏らす。

「え、……っでも」

あの時夏月は、羽生に縋りたい気持ちで一杯だった。

羽生は優しいから、それに応じてくれたのだとばかり思っていたのに。

「ナツくん」

耳朶から首筋に唇を滑らせた椎名の声まで呆れている。

その掌が胸から下降して足の付根に触れると、夏月はビクンと竦み上がった。

「っちょ……し、椎名さん……っ！」

熱くなっているのを悟られたくなくて膝を擦り寄せようとする夏月の首筋を強く吸い上げた椎名が、喉の奥で低く笑った。

「ナツくんは、体でわからせてあげないとダメみたいだよ？　進一郎」

椎名の声に、思わず夏月も顔を上げた。

ソファで頬杖をついた羽生が夏月たちを見下ろす。その威圧感に息が詰まりそうなのに、夏月は吸い寄せられてしまった。

「そうだな」

羽生が、夏月の頬に指先を這わせる。

それだけで体がわなないてしまった。夏月の心臓が壊れそうなほど強く打っているのは、体をぴたりと合わせた椎名に伝わってしまっているだろう。恥ずかしくて、気が変になりそうだ。

「俺たちがどれだけお前を好きなのか、体に教えてやるよ」

ざらついた声で言って、羽生が小さく笑った。

「ん――……ぅ、ぁ……っは、ぁ……ん、ん」

顎先をつかまれて羽生を仰いだ夏月は、舌を吸い上げられて唇を閉じられなくなっていた。

羽生の口内に囚われてしまった舌は裏から根本から舐められ、甘噛みされてしきりに吸いたてられている。

唇は食まれるように時折触れ合うけれど、舌だけを絡めあっている時間のほうが長い。それなのに夏月は頭がぼうっとして、羽生が水音をたてるたびに体が宙に浮くような感覚に陥っていた。

「ナツくんって本当にキス好きだね」

羽生に舌を弄ばれながら耳を椎名の唾液で濡らされると、夏月の全身をわななきが襲ってひとりでに体をよじってしまう。

それでなくても椎名の指先は知らない内に夏月のシャツをたくし上げ、胸の突起を掠めるように撫でている。

「ぁ、っぅ……ん、違……っ」

ふるふると首を振って否定しようとすると、夏月の顎をつかんだ羽生が指先を揺らす。まるで猫でも撫でるように優しく諌められると、夏月はそれに従ってしまった。

「違わないよね？　……ほら、ここにもキスしてもらったら？　進一郎に」

乾いた指先に撫でられるとヒリヒリとしてしまう乳首を突然きゅっとつまみ上げられて、夏月は仰け反るように背筋を伸ばした。

「ぁっ……んん……！　やだ、椎名さ、やだ……っ」

「痛かった？　ごめんね。ほら、進一郎が治してくれるって」

弾かれたように夏月が伸び上がったせいで唇が離れてしまった羽生が、椎名の言葉に片眉を跳ね上げて見せてから上体を屈める。

背後から夏月の体を抱いた椎名が、胸を開くように腕をやんわりとつかんだ。

「ぁ、ちょ……っだめ、あの、そこ——……っ僕、」

無理強いはしない優しい腕に戸惑いながら夏月は下肢をもじつかせて背後の椎名を振り返った。

夏月がそこを舐められると変な声をあげてしまうことは、椎名がよく知っているはずなのに。

無意識のうちに目を潤ませた夏月が椎名を睨みつけると、振り返った唇を塞がれた。

「ん、——……っ！」

深く交差するように唇を貪られたかと思うと、その瞬間羽生が乳首を吸い上げた。

ビクビクっと腰まで震えが走って、じっとしていられない。

首だけひねって振り返った窮屈な格好のまま、夏月は片手で椎名の服を握りしめた。もう一方の手は、硬く勃ち上がった夏月の乳首に舌の腹をぬるぬると擦りつけている、羽生に。

「んぁ、ぅ……っゃぁ、あ、っふ……！　ぃ、あっ……だめ、や……っはにゅ、さ、ぁ……っ！」

夏月の胸に強く吸い付いてはすぐに唇を離してわざと水音をたてさせる羽生の肩を力なく叩きながら、夏月は不安定な自分の体を椎名に預けていた。

椎名の唇は優しくて、蕩けそうにあたたかい。

唇の端から端まで丁寧に食んだかと思うと、甘く痺れた舌をあやすように舐めてくれる。まるで夏月がどうしてもらいたいのかわかっているようだ。

椎名の唇に酔い痴れていられたらどんなにか夢見心地でいられるかわからないのに、それを劣情で掻き乱すかのように羽生が夏月の乳首を舐り、空いたもう一方を指先で転がしてくる。

痛いくらいに強く吸い上げられて歯先を掠められ、舌先で押し潰すように刺激されると痛みを感じているはずなのに、脳天まで痺れるような快感をも覚えてしまう。

いやいやと首を振りながらも椎名のキスを止めてほしくない。椎名のシャツを必死に手繰り寄せながら首を伸ばし、だけど胸に与えられる刺激にどうしようもなく体をよじらせてしまう。

「ナツくん、気持ちいい?」

椎名の首筋に顔をすり寄せ、息をしゃくりあげる。乳首は充血するほど感度を増して、もうやめてと言いたいのに、啜り泣くような声しか出てこない。

「……すごく、エッチな顔してるよ」

耳元で囁いたかと思うと椎名が夏月の両足に手を滑らせて、膝を大きく割った。

「ぁ、――……や、だめ……っ」

あまりにも無防備な格好を強いられて、夏月は目を瞠った。

それでなくても中央でファスナーを押し上げている自身を悟られたくなくて必死だったのに。椎名の優しい声で体の力が抜けた一瞬の隙に両足を開かれて、その間に羽生が体を進めてくる。

「や、……っ待って、お願い、っ」

足を元通り閉じたくても、もうできない。羽生の腰を足で挟み込んでしまったら、――自分がどうしてしまうかと、考えるのも怖い。

夏月が浅く息を吐きながら椎名に縋るような視線を向けると、何度も優しく唇を啄まれた。ちゅっちゅっと音をたてられて吸い上げられると、背筋を擽ったいものが走っていく。

「怖い？　……大丈夫だよ、僕のことだけ考えてて」

頭を抱くように髪を撫でられて何度もキスをされていると本当に椎名のことだけしか考えられなくなってくる。

吸い上げられた唇は弛緩して、すぐにまた口付けられたくなって夏月は自分から首を伸ばした。

「僕たちはナツくんのことが大好きなんだ。怖いことなんてしないよ。ナツくんとたくさん、気持ちよくなりたいだけだよ」

「その気持ちいいってのが怖いんだろ。ナツは」

口元に吐いた唾液を手の甲で乱暴に拭いながら顔を上げた羽生が、胸元から夏月をギラリとした目で射抜く。

羽生の言う通りだ。

好きという気持ちも快楽も、夏月には怖さとごちゃ混ぜになっている。

羽生の威圧感のある眼差しを、怖いけれど胸が締め付けられて感じるように。

「怖がる必要はねえ」

椎名が開いた夏月の下肢に手をかけた羽生が、手際よくファスナーを開いてパンツを引きずり下ろす。夏月が短く声をあげても、もう抵抗する術もない。

「大丈夫だよ。僕たちはナツくんをかわがりたいだけだから。好きだよ。……大好き」

首筋に鼻先を埋めた椎名がうなじに頬ずりし、点々と肌を吸い上げながら夏月の屹立した前を探る。まだ下肢に残った下着の縁をなぞり、縫い目を爪で引っ掻きながらゆっくりと指先が中央に迫ってくると、夏月は腰を揺らめかせて逃れようとした。

「ぁ、あ……っや、だ……っ恥ずかしい、ですっ」

「何度触っても慣れないんだね。本当、かわいい」

羽生と椎名に挟まれた格好のままでは、逃げを打つこともままならない。

腰を浮かせ、身をよじって正面の羽生に助けを乞うように腕を伸ばすと、羽生の唇が額に落ちてきた。

「そんなやらしい顔をして嫌だなんだと言われてもな」

唇を離した羽生が間近で笑うと、夏月はこんな時なのにその表情に見蕩れた。

恥ずかしいのは本当だけれど、嫌なのは本気かどうかと言われるとわからない。

背後で息を弾ませた椎名が夏月の膨らみに掌をあてがうと、ぶるっと体が大きく震えて羽生にしがみついてしまう。

椎名の体も熱くなっているのは、さっきから感じている。

互いの劣情を一緒に握って夢中で擦り合わせた時のことを思い出すと、下着の上から触れられただけでも夏月は先端をぴくぴくと反応させてしまった。

「ああ、ナツくんもう下着が汚れちゃいそうだね。こっちの家に、着替えないのに。……濡れちゃう前に脱いじゃおうか？」

夏月の震えを掌で感じ取ったのだろう椎名が意地悪に尋ねると、夏月は身を竦めながら押し黙るしかない。

　まさか脱がせて欲しいなんて、言えない。

「黙ってちゃわからないだろ、ナツ」

　夏月にしがみつかれた羽生の声も笑っているように聞こえた。

　そう言いながら羽生は夏月の腰を抱いて、パンツを引きずり下ろしたように下着も滑らせていく。

二人の体が密着しているせいで外気の冷たさは少しも感じなかったけれど、衣服が剝ぎ取られていく感触で全身が粟立ってしまう。

「ほら、自分でおねだりできるよな」

　耳元をざらついた羽生の声で撫でられて、夏月はゆるゆると首を振った。

「へえ、進一郎にはおねだりしたんだ？　ナツくん」

「ち、……っ違、」

　わがままを言えとは言われたけど、おねだりとは違う。

　椎名に誤解されたくなくて振り返ろうと身をよじった瞬間、あらわになった昂ぶりが椎名の手に握られた。

「ふ、……っぅ、あ……っあ」

　体の力が抜けていくような感覚なのに、腰から下が自分のものではなくなってしまったようにひとりでに身動ぐ。

　この家を出て以来、椎名や羽生のことを思い出さないように努めていた。一人で眠る夜も。ひどく落ち込んでいたせいか、生理的な欲求もあまりなかったような気がしていたけれど。

今は、まるでその反動が来ているようだ。

「ふふ、お漏らししてるみたいにとろとろだね」

「や……っ、ぅ――……恥ず、かしい……っ」

意地悪な椎名を睨みつけたいけれど、恥ずかしくて顔を向けられない。夏月は羽生の肩口に顔を伏せて、ただ首を振った。

確かに椎名の言う通り、夏月の先端は既に濡れそぼっているのだろう。ちょっと指が往復しただけで、糸を引くような水音が下肢から聞こえてくる。体の芯が小刻みに震えるような快感とともに。

「じゃあもっと気持ちいいところ、触ってやろうか」

知らずのうちに椎名に下肢を突き出すような格好をした夏月の体に、羽生の手が回りこむ。

だけど椎名の滑らかな手で前をゆるゆると撫でられていた夏月はしばらく気が付かず、乱暴な手つきで双丘をつかまれて初めて、はっと息を呑んだ。

「は、羽生さ……っ！」

目を瞠って顔を上げると、羽生は自分の指先を口に含んで唾液で濡らしている最中だった。その顔がひどくいやらしく見えて、体が熱くなる。

そうされると気付いた瞬間から、夏月の背後は意志に関係なヒクンとうねりを帯びた。

羽生に窄まりを触れられたのはもちろんあの時一度きりだけど、思い出すだけで背徳的な悦びが蘇ってくる。

「ナツくん、お尻も気持ちいいの？」

羽生に割られた双丘を、背後の椎名が覗き込んだような気がして夏月は思わず振り返った。

「や、やだ……見な、見ないでください……っ」

しがみついていた手を背後に回して椎名の視線を防ごうとすると、椎名は双眸を細めて笑ってその手を捕まえた。

「――……っ！」

「だーめ。進一郎にいじられるところ、僕にも見せて？」

そのまま前を握った手で下肢を抱え上げられると、夏月はほとんど四つん這いに近い格好で椎名に下肢を突き出した。

恥ずかしさで全身が赤く染まっているのを感じる。もはや声もなく、夢中で首を左右に振りかぶるけれど、その頭を羽生に抱きしめられてしまった。

「……挿れるぞ」

低く囁いた羽生が、夏月に言ったのか椎名に言ったのかは知らない。

ただもう抗う術もなくなった夏月が息を詰めると、椎名がつかんだ手に指を絡ませてくれた。

ゆっくりと、濡れた羽生の指が潜り込んでくる。

「……っ、ふ」

異物感を覚えるのは最初だけで、つぷりと先端を飲み込んでしまうとなんとも言えない妙な感覚が内側からじわじわと拡がってくる。

まるで羽生に支配されているような、恍惚とした感覚だ。

「痛くないか、ナツ」

羽生が低い声で優しく尋ねるとさらに下肢から波のようなうねりが襲ってきて、夏月は身震いした。

羽生に優しくされると、自分が特別な存在になったような気がする。涙が溢れてきそうなくらいうれしい。

「だ、……大丈夫、です……っ」

羽生の胸に伏せた顔を肯かせて、夏月は指を絡めた椎名の手をぎゅうっと握った。

体の奥が切ない。羽生の指がそこにあると感じるほど、体の内側が勝手に収縮してしまう。

それに合わせるようにゆっくりと、羽生の指が抜き差しを始める。背筋のわななきを舐めるように、指の腹で優しく撫でられる。

「ぁ、あ……っあ――……あ、あっあ……！」

背後でそれを見つめてるのだろう椎名まで前の手の動きを合わせてくると、夏月は背を反らしてガクガクと体を痙攣させた。瞠った目の前に、チカチカと白い閃光が瞬く。声はうわずり、四肢がばらばらに緊張して、体の自由が効かない。

「ナツくんの中に、進一郎の指入ってるよ。すごいヒクヒクしてて……やらしい」

虚ろな椎名の囁きが聞こえたかと思うと、あたたかなものが下肢に触れた。

「えっ、あ……や、……椎名さん、っ!?」

下肢に腕を回された体勢で、背後を振り返ることもできない。過敏になった双丘にぬるりと濡れたものが這ったかと思うと次の瞬間短く吸い上げられて、夏月は体をのたうたせた。

「や、っあ……！　だめ、っ……きたな、……っそこ、やだ、ぁあっ」

椎名の、唇だ。

そう意識してしまうとどっと汗が滲んできて自分の淫らな体臭が強くなった気がした。椎名が荒い息を隠そうともしないで大きく口を開いて夏月の薄い肌に歯を当てては、舌を這わせる。

「ひぁ、っ……やぁ、っん……！　椎名さん、っだめ、僕、そこ、ぉ……っ！」

汚いからやめて欲しいと思うのに、まるで発情した猫のように腰を突き上げて揺らめかせてしまう。そうじゃなくても椎名が前を擦る手が次第に激しさを増して、夏月はじっとしていられない。

「後ろが本当に感じやすいんだな」

その様子を見下ろした羽生に揶揄されるように言われるとますます体が熱くなってくる。

そんなこと知らない。下肢だけじゃなく、全身が自分のものではなくなってしまったような、変な感じだ。

「進一郎」

椎名が言ったかと思うと、繋いだ手を離されて代わりに羽生が夏月の手を握った。羽生の掌は汗ばんでいて、肌に吸い付いてくるようだ。夏月は無意識にそれを自分の口元にあてがって、声を塞ごうとした。

双丘の谷間を、椎名の舌が丁寧になぞりあげる。

「ふぁ、……っぁあ、あっ……だめ、……っだめ、ぁあ、あ――……っ」

ゾクゾクとして体の力が抜けていく。熱い椎名の唾液が羽生の指を銜え込んだ窄まりまで滴って、浅い抽挿が次第に深くなってくる。

「んぁ、あっ……あ、ひぅ、う……っんん、ん」

羽生の指をしゃぶるようにして声を抑えようとすると、鼻にかかった声が漏れてしまう。

勝手に口を塞ぐのに使っても羽生は嫌な素振り一つせず、それどころか夏月の舌を爪の背で撫でてくれた。そうされると逆に口がしどけなく開いてしまって、夏月ははしたなく溢れてきた自身の唾液をあわてて啜った。

その時。

「あ、――……あ、あ……っ?!」

椎名の唾液に濡らされた背後が更に押し拡げられる感覚を覚えて、夏月は膝を震わせた。

振り返ってみるまでもない。椎名の指だ。

「あ、や……あ、僕、っ……あ、だめ……だめ……っ！」

多少の窮屈さは感じるものの、それ以上のわななきを覚えて夏月は戸惑った。

羽生の無骨で長い指先と、椎名の優しい指が中に入ってくる。そう意識しただけで、歯の根が合わないくらい体が震えてしまう。口元からも、椎名の手に包まれた屹立からも涎が零れてきた。止められない。

「すごい、ナツくん……二本も入ってるよ」

「やだ、言わない……でっ、椎名さ……っいじ、わる……っ！」

羽生の指を嚙みながらなんとか言葉を紡ぐので精一杯で、体がひとりでに動いてしまうのをこらえられない。

椎名の指も挿入されたせいで羽生の指も深くなり、まるで先を競い合うかのように今までにない部分まで抉るように探られて夏月は身悶えた。

「んぁあ、あっやぁ……っ深、ぁ……っやだ、んぁ、っそこ、擦らな……で、っだめ、だめぇ……っ！」

どちらの指かもわからない。

腹の内側を執拗に擦るように指先を弾かれると、夏月は口を閉じることもできなくなって途切れ途切れの嬌声をあげた。

椎名の手の中の物はまだ達していないはずなのに、まるで絶頂にのぼりつめるような感覚がある。

夏月はとてもじっとしていられなくて激しく身をよじると、四つん這いの格好から横臥する体勢になった。

片足を抱え上げてくれたのは椎名で、恍惚とした夏月の顔を覗き込んでくる。

「ここが気持ちいいんだ、ナツくん」

「や――……っお願い、だめ……っそこ、おかしくなっ……ちゃう、椎名さん、っおねが……ぁ、あ……っ！」

いやいやと首を振っても、椎名は許してくれない。

椎名の指から逃れようとして腰をくねらせると今度は羽生の指が暴れるように夏月の中を掻き乱して、夏月はビクビクンと体を大きく痙攣させた。

また、達してしまったような絶頂感に襲われる。

確かに果てたかというくらい椎名の手に先走りを溢れさせてはいるけれど、噴き上げてはいない。

こんな調子で何度も絶頂感を味わったら本当におかしくなってしまいそうで、夏月は涙ぐんだ。

「ナツくんがこんなにエッチな子だったなんて知らなかったな」

喘ぐように短く呼吸を弾ませる夏月に唇を寄せた椎名が言うと、不意に羽生の指が浅くなった。

夏月にキスをしようとしていた椎名がそれを察して、羽生を仰ぐ。

「言っておくが、俺は指しか入れてないからな」

羽生の言葉に椎名が瞬いて、夏月を見下ろす。

うっかり視線があってしまって、夏月はぎこちなく肯いた。

心臓が破裂しそうなほど強く打って、眩暈がする。夏月はぎゅっと目を瞑って、知らず体を強張らせた。

「ナツくん」

夏月が緊張していることを椎名はいつも察してくれる。それを優しく解きほぐしてくれるのも、椎名だ。

寄せた唇をそっと夏月の頬に押し当てた椎名が、濡れた声で囁いた。

「じゃあ、僕……挿れていい？」

想像していた言葉だ。

それが覚悟なのか、期待だったのかはわからない。

ただ、椎名は夏月が特別な相手になったらひとつになろうと、そう言っていた。

そうしたくなったということは、夏月と心が繋がったと思ってもいいんだろうか。

「ナツくん」

まるで縋るような声をあげた椎名の唇が額に落ち、耳朶に触れる。

体内に残された椎名の指が動きを止め、夏月の返事を待っているようだ。

椎名がいいなら、夏月はうれしい。

夏月は、椎名を裏切ったりはしないから。

だけどどう答えればいいのかもわからず黙ったままの夏月が椎名のシャツに手を伸ばすと、唇を掬い上げられ、舌が入ってきた。

「ナツくん、……好きだよ、ナツくん。寂しい思いさせて、ごめんね」

キスをしたまま思いが伝わればいいけれど、それができないから忙しなく唇を解いてはすぐにまた夏月の唇を塞いで、椎名のほうが泣きそうな声をあげる。

夏月は小さく首を振って応えることしかできず、椎名の背中に両腕を回した。

椎名の指も夏月の中から出て行って、代わりに下肢に熱いものが擦り寄せられる。

今度は、互いのものを擦り付けるのとは違う。

もっと、深いところで繋がるんだ。

そう意識すると、緊張を覚える一方で椎名への愛しさがこみ上げてくる。今まで言っていた好きという言葉では言い表せないような、強い気持ちだった。

「し、……っなさん、椎名さん……っ」

前を握っていた手を離されて、その手で椎名が自身のものを寛げ、背後の濡れた窄まりにあてがうのを感じると、夏月は息を詰めて椎名の首筋に顔を伏せた。

ラグを背にして仰向(あおむ)けになった夏月は下肢を抱え上げられ、両足で椎名を挟み込んでいた。

「ナツくん、——挿れるよ」

耳元で、切羽詰まったような椎名の声が囁いた。

と同時に指とは比べ物にならないほど熱くて、大きなものが夏月を分け開いて、入ってくる。

「ぁ——……あ、あ……っ熱、……」

一度椎名の背中にしがみついてから、すぐに仰け反る。

まるで心臓そのものを埋め込まれているみたいに脈打つものを、下肢に感じる。

「……っ、」

体の上で椎名が息を詰めているのがわかった。

きっと、夏月の中が窮屈なんだろう。それはわかっても、夏月にはどうすることもできない。夏月の息も詰まっていて、どうしても歯を食いしばってしまう。

「ナツ」

椎名の背中を握りしめる手に羽生が触れた。

反射的にその手を握り返した瞬間、夏月の緊張が解けたのか、急にずるりと椎名が腰を進めてきた。

「――……っひぁ、あ、あ……！」

丸く口を開いてガクガクと全身をわななかせた夏月の下肢が止まらずに痙攣して、熱いものが迸る。

執拗に指で弄られた体内を椎名の大きな物で擦られた瞬間、噴き上げてしまったようだ。

「……っナツくん、挿れただけでイッちゃったの？　すごいたくさん、出たね」

夏月の精を胸に浴びてしまった椎名が紅潮した顔を上げてはにかむように笑う。

達したおかげで夏月の力が抜けたのか、ようやく息をつけるようになった椎名が上体を起こすと夏月の腰を押さえてゆっくりと腰を動かし始める。

「ん、ぁ――……っあ、あ……っ、待って、まだ……っぁ、僕、イッたばっかりだか、ら……っ」

「ううん、だめ。僕もがまんできない」

器用に片目を瞑ってみせた椎名はいつもと同じようで、やはりどこか違う。いつもよりずっと艶やかに見えるし、余裕もない。

最初のうちこそ夏月の様子を窺うようにゆっくりだった律動はすぐに強く打ち付けるようになってきて、夏月がたまらなくなって逃げを打とうとすると更に激しく突き上げてきた。

「やっ、あ……！　椎名さん、だめ、っ……！　待っ、」

体がずり上がった夏月を、羽生が押さえた。

自身の噴き上げた精を浴びて男のものを挿入されて、あられもない声をあげている姿を羽生と椎名に見られているのだと思うと頭が真っ白になる。

いやいやと首を振ってもまた容赦なくのぼりつめていく性感に羽生の手を握りしめた時、頬に何か感じた気がして夏月は涙に濡れた目を開いた。

夏月の体を抑えた羽生の膨らみが、すぐそこにあった。

夏月が気付いたことに羽生も気付いて、頭をぐいと引き寄せられる。

「ん、ぅ……っふ、あ、椎、名さ……んぅ、――……っ！」

スラックスの上から羽生の熱に顔を押し付けた夏月を見下ろして、椎名の腰がますます激しく打ち付けてくる。まるで夏月を羽生のものに押しつけようとするように。

夏月も夢中で首を伸ばして羽生のものに頬をすり寄せた。本当に熱くなっているのか確かめたくて。

羽生は、そんなふうにならないんじゃないかと思っていた。

椎名が夏月に対して劣情を覚えたことも驚いたし、未だにもしかしたら夢なんじゃないかと思えるくらいだけれど、実際こうして夏月の中を抉るように脈打っている。とても夢だなんて思えない。

羽生のものも、そうなっているのか。

男を慰めるためだけにあんなことはしない――と言ったのが本当なら、あるいは夏月を部屋に招いた時もこうなっていたのだろうか。

「ナツくん、……っ大丈夫？　つらく、ない？」

夏月の背中が床から浮くほどの強さで腰を突き上げている、椎名のほうがよほど苦しそうだ。

夏月は羽生の下肢に押し付けた顔をゆるゆると振って、力の入らない唇を何度か噛み直した。そうしないと、まともに言葉も紡げなくて。

「だい、じょうぶ――……っです、でも、あの」

また、イきたくなっている。

そうとは言えなくて夏月は鼻を鳴らしながら唇を噛んだ。

さっきから、椎名が深く腰を沈めるたびに体の奥がじんと痺れる。乳首を刺激される感覚と似ていて、だけどそれ以上に快楽が深い。そこに椎名の尖りを押し付けられてめちゃくちゃにされてしまったら自分がどうなってしまうだろうと思うと、怖い。

椎名が突き上げるたびに短く声をあげながら仰け反る夏月を見下ろして、椎名が息を漏らすように笑った。

汗ばみ、紅潮した椎名の表情は妖艶なまでに美しい。

「ナツくんの中、……っすごく気持ちいいよ。もっと早く、こうしてればよかった」

腰を押さえた椎名の掌が脇腹をのぼり、夏月の無防備な胸を撫で上げる。それが突起に触れなくても、夏月はとてもじっとしていられないくらい感じてしまって、体をよじって悶えた。

「ん、ぅ――……ぁ、あ……っ椎名さん、っ椎名さ……っ僕、うれ、し……っ」

椎名の特別な相手になれたかなんておこがましいかもしれないけれど。それでも、椎名が夏月に一歩踏み込んでくれたような気がする。それが何よりも夏月の心を満たしていく。

「うん、……僕も」

椎名が顔を伏せて、噛みしめるように濡れた声を漏らす。

その優しい声を聞くと夏月の目尻から涙が滲んできた。羽生の掌が夏月の額を撫で、汗で貼り付いた前髪を剝がしてくれる。そのまま髪を撫でられていると、下肢からの強い快楽と羽生の手のささやかな心地よさが綯い交ぜになって、夏月の体のわななきが止まらなくなってきた。

「ぁ、あ——……っもう、だめ……っ椎名、さん……っ僕また、僕、……っまた出ちゃ、イッちゃい……っます、もう」

自分ばかり気持ちよくなっている気がする。だけど腰を揺らめかせても下肢の力を抜こうとしても、どうしたら椎名が気持ちよくなるかわからない。それなのに溺れるほどの快楽を与えられ続けて、夏月は翻弄されるばかりだ。

握りしめた羽生の手に爪を立ててこらえようとしているのに、椎名の腰が深いところで小刻みに震え始める。

「ぁあ、っあ……や——……っ！　そこ、そこだめ……っおね、が……っもう、もう出ちゃ、あ——……っ！」

どくどくと、体が脈打つたびにはしたない汁が溢れ出てきているのがわかる。だけどそれ以上にもっと熱いものが、体の外に出たがって夏月の体を焼いている。

「んぁ、あ……！　やだ、ぁ……っだめ、イく、イっちゃ……っ！」

「ナツくん、奥、気持ちいいの？」

椎名の熱っぽい声に、夏月は自分が首を縦に振ったのか横に振ったのかもわからない。そこをどうにかされたらおかしくなってしまいそうなのに、椎名のものが当たるたびに快感が大きく膨れ上がってますます敏感になっていく。自分からそれを刺激されたがって腰を動かしているような気さえする。

「……っ僕も、もうイキそうだ。ナツくん、……中に、出していい？」

椎名に何を言われたのか、一瞬よくわからなかった。ただ椎名が夏月の体で快楽を得ることができたのだと思うと安心した。

だから夏月は首を何度も振って、自分を見つめる椎名の顔に瞼を開いた。

「ん、っ……ぅ――……っ椎名さ……っ出して、っ出してください……っ、僕の中、に――……っ！」

上ずった、か細い声しかあげることはできなかったけれど。

そう言うと椎名は一度目を瞬かせた後、すぐに蕩けるように笑って、腰を大きく引いた。

「――ぁ……！　椎名……っさ、」

中に出すと言ってくれたのに椎名が出て行ってしまうような気がして、反射的に夏月は腕を伸ばした。その手を椎名がつかむ。

次の瞬間、椎名はさっきまでよりずっと深いところを勢いよく突き上げてきた。

「あ、――……！　ぁ、あ……っあ……！」

体の奥の、熟れた部分を乱暴に貫かれて夏月は声も出なかった。

背を反らし、足の先まで断続的に何度も痙攣が襲ってくる。知らずのうちに夏月はまた精を噴き上げていて、だけどそそり立ったものはまだ萎えてしまいそうにない。

「……っはぁ、……すご、っ……」

歯を食いしばった椎名が呻くようにつぶやいたかと思うと、そのまま深いところで腰を動かし始める。

「んぁ、ああ……っひぁ、やだ、っ椎名さ……っ死んじゃ、死んじゃう、っ……！」

夏月が暴れるように身悶えても、椎名は許してはくれない。

夏月の中で、椎名のものがますます大きく猛って射精が近付いているのがわかる。そうなってみて初めて、夏月は椎名が自分の中で果てるということに恐れを抱いた。

こんなに過敏になっているところへ熱いものを注ぎ込まれるなんて、考えるだけで震えが走る。

だけどもう、椎名は止まらない。

まるで夏月に夢中になったように切ない顔をして体を揺さぶっている椎名の顔を見上げると、胸が苦しくなってくる。この人を幸せにしてあげたい——だなんてだいそれたこと、決して言えはしないけれど。

「椎名さ……っ椎名、さんっ……！　もっと、もっ……——ぁ、あ……！」

夏月の胸に頭を垂れるように上体を屈めた椎名が、どっと腰を跳ねさせた。

その背中に腕を伸ばしかけた夏月の中に、熱が広がる。

「——……っ！」

何度も突き上げられてむき出しにされた裸の劣情に、椎名の精が浴びせかけられる。夏月は丸く開いた口を閉じることもできず大きく仰け反って、何度も強く脈打ちながら断続的に噴きつける迸りを受け止めた。

「……っは、はぁ、……はっ……ナツくん、……平気？」

詰めていた息を吐いて夏月の様子を窺う椎名の髪が汗で濡れている。その扇情的な表情を、夏月は虚ろな目で見上げた。

まだ、体の芯がぐらぐらと煮えるように熱くなっている。

何度ものぼりつめ、そのたびに間を置かず過敏になった体を掻き乱されたせいかもしれない。残滓を吐き出しても未だ夏月の中にある椎名のものが力を失っていく感覚にすら、下腹部が痙攣してしまう。自分の体が自分のものではなくなってしまったみたいだ。

唇が焼け付いてしまいそうなくらい熱い息を弾ませた夏月の頬を、椎名が優しく撫でた。滲んだ汗なのか、あるいは飲み下すことのできなくなった涎を拭ってくれたのかもしれない。

だけど夏月はその手にまるで促されたように感じて首をひねると、背後の羽生の膨らみへ鼻先をすり寄せた。

夏月自身の蜜か、汗か唾液か判然としないものに濡れた椎名の指先に撫でられた唇で、羽生の熱を探る。

「ナツ」

戸惑いがちな声に重たい瞼を押し上げて羽生の顔を仰ぎ見ると、繋いでいた手に力がこめられた。

「羽生さん、……羽生さん、のも」

朦朧としたまま、夏月はスラックスの上に押し付けた唇を開いてねだるようにつぶやいた。

身動いで首を伸ばし、ファスナーにやんわりと歯を立てる。中で張り詰めたものが、ぴくりと震えた気がした。

「……っ、退け」

瞬間、夏月の上に覆いかぶさったままの椎名に羽生が腕を伸ばした。乱暴に押しやったかと思うとその手で夏月の体を抱き寄せる。

「ん、っふ……ぁ、」

椎名が抜け出た瞬間、中に注ぎ込まれたものが腿にどろりと漏れて夏月は身震いした。

「誘ったのはお前のほうだからな。……容赦しねえぞ」

足腰に力の入らなくなった夏月を膝の上に抱き上げた羽生が耳元で囁きながら、自身を寛げるファスナーの音が下肢で聞こえた。

背面から抱きあげられた夏月が羽生の顔を振り返ろうとした時、下着の中から勢いよく跳ね上がった熱い猛りが双丘を打って、びくんと背筋が震える。

「ひぁ、……あっ」

「お前は本当に……、大人をかどわかす悪い子だな」

耳元で羽生が、小さく笑った気がした。

背中でそそり立った羽生のものが二度、三度と夏月の濡れた窄まりにすり寄せられる。夏月の腹には羽生の腕が回ってしっかりと抱きとめられて、振り返ることはできない。

「う、……っふ、羽生、さ……」

自然と腰が揺れて、羽生の先端を探る。椎名の感触が残ってじんじんと痺れたままの中が、もどかしがって蠢いてしまう。

「ほんと、ナツくんまだこんなに元気だもんね」

首を折って顔を伏せた夏月の顔を覗き込んだ椎名が、羽生を跨いだ両足の中央に掌を這わせてくる。

「ぁ、椎名さん……っ恥ずか、しっ」

椎名の言う通り夏月はまだ萎えることを知らずに頭を擡げていて、何度も吐き出した自身の蜜に濡れそぼっている。椎名が指先を近付けると、それだけでまた先端をヒクつかせてしまう。

「これは僕たちオジサン二人がかりじゃないと手に負えないかもね、進一郎？」

唇を噛んで顔を背けた夏月の後ろで、羽生が椎名の言葉に息を吐くように笑った。

「……そうだな」

羽生が腰を浮かせて、片腕に抱いた夏月の深部へ自身の先端を押し下げる。夏月はぶるっと全身を震え上がらせて、正面の椎名の肩へしがみついた。

「俺たちから離れられない体に、してやらねえとな」

ざらついた声が、夏月の耳を焦がした。

かと思うと濡れた肉襞を突き刺すように勢いよく腰を打ち付けられて、夏月は身をよじった。

「ぃ、あ――……っぁア、……っあ……！」

目の前が真っ白に瞬いて、一瞬意識を手放したかと思った。だけどすぐに腰を引き寄せられて、椎名の精液でどろどろに蕩けた奥を乱暴に掻き回されるとどうしようもなく快楽に引き戻される。

「ぁあ、っあ、あっ羽生、さ……っ羽生さぁ、んっ……！　激、し……ぃあ、ァあっ壊れ、ちゃ、壊れちゃう、ぅ……っ！」

羽生の腰の上に縛り付けるように拘束されたうえで激しく突き上げられると、夏月はまるでおもちゃのように体を揺さぶりながら飛沫を何度も噴き上げた。

頭の中が空っぽになって、何も考えられなくなってしまう。

夏月に手を伸ばした椎名の手が糸を引くほど濡れている。それを気にも止めずに椎名は口を閉じることを忘れたような夏月の首筋に吸い付いてきた。

「ひぁ、あっだめ……っだめ、……おかし、僕……っ！」

椎名の吐息がかかるだけで全身が粟立って、痙攣した下腹部で羽生を締めあげてしまう。きゅうっと絞り上げられた羽生がそれを振り払うように夏月の腰を揺らすと、また絶頂に向かっていく。

椎名と夏月の精が交じり合ったものが羽生の剛直で掻き混ぜられて、結合した下肢から淫らな水音が響く。

「おかしかねえよ」

羽生の手が夏月の顎をつかんで、顔を仰向かされる。耳朶を痛いくらいに噛みつかれて、夏月は息をしゃくりあげた。

「お前は本当に可愛いよ、……夏月」

唸るような低い声。背中に押し当てられた羽生の体の熱さと鼓動に加えて、正面から夏月をまさぐる椎名の指先が胸の上をなぞると夏月は目を瞠った。

「あ……っぁ、や……っまた、僕――……っ！」

力の入らなくなった手で何度も、椎名の肩に縋り直す。泣きじゃくるような声を震わせながら、無意識のうちに夏月はひとりでに腰を浮かせようとしていた。何度も押し寄せる絶頂が怖くて、立ち上がることとなんてできないのに羽生から逃れようとする。

「またイっちゃうの？　ナツくん」

「ああ、好きなだけイけ」

逃げ出そうとした夏月の腰をつかんだ羽生が、乱暴に引き戻しながら更に強く突き上げてくる。

「ひ、……っぁ――……ぁあ、あ、あ――……っ！」

足の先から脳天まで電流を流されたように痙攣を走らせた夏月がまた噴き上げると、その胸に唇を下降させた椎名の顎まで飛沫が上がった。

そのまま羽生が自分の上の夏月の腰を力任せに揺さぶり始めると、夏月は椎名の頭を抱きしめながらされるがままになるしかなかった。

「俺も中に出すぞ、いいな」

苦しげな羽生の声に肯くともなく、頭が上下に揺れてしまう。最初は舌先を擦り付けるだけだった椎名の唇が、夏月の乳首をきつく吸い上げ、歯先を立てる。

「ひぁ、あ――……っも、もう止まんな……っイッちゃう、イ……羽生さ……っ僕、またイッちゃいます……っ！」

「ああ」

短く、羽生が答えた。

次の瞬間腰を押さえた腕の力が強くなって、夏月の肌に無骨な羽生の指が食い込む。かと思うとどっと熱いものが浴びせかけられて、夏月は呼吸をすることも忘れて仰け反った体を何度も痙攣させ、やがて力尽きたように意識を手放していった。


窓の外はすっかり暗くなっている。

リビングでうたた寝をしたことなんてなかったから、夏月はすっかり汚れてしまったラグに頬を埋めたままどこか不思議な気持ちで広い窓を眺めていた。

「……無理をさせすぎたな」

そのぼんやりとした表情をどう受け取ったのか、夏月と向かい合うように寝返りを打った羽生が渋い顔で漏らした。

椎名は夏月の体を背後から抱きしめたまま、まだ眠っているようだ。

こうしていると自分がまるで椎名のお気に入りのぬいぐるみにでもなったように感じる。だけどそれはちっとも嫌な気持ちじゃない。年上の男性にとても言えたことではないけれど、椎名をひどくかわいらしく感じる。

「いえ、あの……」

——ねだったのは、夏月の方だ。

つい数時間前のことなのにまるで現実のこととは思えない出来事に、夏月はいたたまれない気持ちを覚えて口籠った。

羽生のものに自分から唇を寄せて欲しがるなんて、まるで淫乱のすることじゃないか。幻滅されていてもおかしくはない。恥ずかしさで赤くなるべきなのか、あるいは自分の晒した痴態に青くなるべきなのか混乱してしまう。

夏月が椎名に抱かれた体を丸めてうずくまろうとすると、羽生がふはと息を零して笑った。

こんな時でもやっぱり、羽生が笑ったと思うとその顔を見たくなる。夏月が視線だけ上げて羽生の表情を盗み見ようとすると、頬に羽生の手が伸びてきた。

あんな風に交わった後で、その手に触れられると思うと心臓が止まりそうなくらい高鳴る。

緊張しながら羽生に向かって顔を上げると、不意に頬の肉を指先でつままれた。

「……！」

鈍い痛みが走って夏月が目を丸くすると、その表情を見た羽生がどこかあどけない表情で破顔した。

「もうっ、羽生さんの意地悪……！」

痛みなんて大したことはなかったけれど、思わず胸をときめかせた自分が恥ずかしくて夏月は頬をつまんだ羽生の手をすぐに毟り取った。

それでも、屈託なく笑う羽生の顔は夏月の鼓動を休ませてはくれない。

夏月はそれを悟られまいとして唇を尖らせながら、頬から取り上げた羽生の手をぎゅっと強く握りしめた。

骨ばっていて椎名の手よりも少し大きい羽生の手が、今はしっとりと濡れている。汗や体液や、夏月の唾液を含んでいるからだろう。

夏月はその長い指を一本ずつ開かせて弄びながら、いつか聴いたピアノの音色を思い出した。

「――……羽生さんがピアノを弾くところ、見てみたいです」

ついさっきまで夏月の肌を滑り乱れさせていた指先は丁寧にケアされていて、今でもピアニストとしての意識を忘れていないように見える。

羽生にそれを言えばただの習慣だと返されるかもしれないけれど。

「嫌だね」

呆れたようなため息とともに羽生が手を引いてしまうと、夏月が声をあげる間もなく綺麗な指先が隠されてしまった。

両腕を頭の下に敷いて、羽生が仰向けに寝転がる。

手だけじゃなく視線まで離れてしまうと寂しい気持ちに襲われて、夏月は知らず視線を伏せた。

羽生につままれた頬が、まだ少し痛い。

「――……もともと下手糞なんだ。十年以上練習もしてないのに、人に聴かせられるもんかよ」

舌打ち混じりの羽生の声はくぐもって、まるで独り言のようだったけれど。夏月は弾かれたように顔を上げると、枕にされた羽生の腕をつかんだ。

「下手でもいいです。僕は、上手なピアノが聴きたいんじゃありません。ただ、羽生さんのピアノが聴きたいだけです」

夏月が身動ぐと、背後の椎名が寝言を漏らした。羽生が夏月の勢いに目を瞬かせて眉を顰める。

上手なピアノを弾くためじゃなく、羽生が楽しむためにピアノを弾いてくれたらうれしいし、それを椎名と一緒に聴けたらどんなにか幸せだろう。

羽生の腕をつかんだ手は緊張でじわりと汗ばんだけれど、夏月は縋るように力をこめた。

「――……」

羽生が高い天井に向かって盛大にため息を吐き出す。

やはり、迷惑だっただろうか。

踏み込んでくるなと、また言われてしまうかもしれない。

やっぱり謝って撤回しようかと夏月が逡巡して指の力を弱めると、再び羽生が寝返りを打ってこちらを向いた。

引っ込めようとした手を、長い指先に捉えられる。

「……しょうがねえ。じゃあ、ピアノの置ける家に引っ越すか」

指先に視線を伏せた羽生はそう言ってから、夏月の顔を窺い見た。

自然と、頬が緩む。夏月は綻ぶ唇を噛み締めて、大きく肯いた。

「おはようございます」

いつもながら朝からさわやかな姿を見せた椎名に、夏月は振り返った。

「おはよう、ナツくん。クロワッサンサンドと、カフェオレちょうだい」

「はい、かしこまりました」

カウンター越しに夏月の顔を覗き込んでくる椎名の他人行儀な物言いに、思わず笑いがこみ上げてくる。

もうとっくに準備は整っている。あとはカフェオレを温めなおして、ボウルに注ぐだけだ。

「羽生さん、遅いですね」

「もう歳なんじゃない？」

カウンター前のスツールを引いて腰を下ろした椎名が笑うと、ちょうど背後の扉が開いて羽生が姿を表した。

「……誰が歳だ、変わんねえだろ」

唸るように漏らしながら乱れた髪もそのまま、眼も半分以上開いていなくてまさに起き抜けだ。

羽生の人となりを知らない人がこんな姿だけ見たら怖くて目も合わせられないだろう。

「おはようございます。羽生さんもクロワッサンサンドでいいですか？　今、用意しますね」

返事の代わりに欠伸が返ってくる。

夏月は首を竦めて笑いながら、三人分のカフェオレをボウルに注いだ。

「ナツくん、僕も手伝おうか？」

羽生と違ってすっかり身支度の整った椎名がスツールを立ち上がろうとする。

「大丈夫です、座っててください。これは僕の、お二人へのせめてもの恩返しなんですから」

夏月がぐっと拳を握りしめて強い意志を強調すると、腰を浮かせた椎名が眉尻を下げて力なく笑い、羽生を振り返る。羽生も少し呆れ顔だ。

結局、束の間のひとり暮らしを早々に切り上げた夏月が羽生の家に帰ってきたのは数日前のことだ。今更アルバイトの退職を返上するわけにもいかず、次のアルバイトが決まるまで二人の食事を作るので家賃を遅らせて欲しい――と、夏月からお願いをした。

羽生の家に転がり込んできた頃に比べれば、節約自炊生活を経たおかげで多少は料理もできるようになってきた。それを美味しいと言って食べてくれる人がいるのは夏月も嬉しいし、椎名たちも外食が減ったと喜んでいる。

「別に家賃なんか気にする必要ねえのにな」

と、羽生は毎朝のように言っているけれど。

「そういうわけにはいきませんよ、それでなくてもこんな都心に光熱費込み五万円で住まわせてもらえるなんてありえないくらいなのに」

クロワッサンサンドと簡単なサラダ、それからフルーツを乗せたプレートをカウンターに出すと、椎名がダイニングテーブルまで運んでくれる。夏月は、カフェオレボウルを乗せたトレイを持ってキッチンを出た。

「ナツは一度言い出すと聞かねえな」

大きくため息を吐いて椅子に腰を下ろした羽生の表情は、だけど不機嫌そうには見えない。どこか笑っているようでさえある。

「ご飯作ってもらえるのは嬉しいけど、ナツくんは体で家賃払ってくれてるんだから別にいいんじゃないの？」

「！」

思わず、カフェオレを床に落としそうになった。

椎名のせいで昨晩も遅くまで二人に撫で擦られていた体のあちこちが妙に疼くように感じられてくる。

夏月がもっと、もっとと口走ったせいで何度も中に突き入れられた硬いものも、感触をまだ体が生々しく覚えている。思い出さないように努めていただけで。

あれから何度経験しても、そのたびに夏月は自分がとめどなくいやらしくなっていくように感じる。二人に触られれば触られるほど快感を覚えていくし、絶頂に達するほど感度が増していく。恥ずかしい言葉も、回数を追うごとに口に出してしまっている気がする。

「あ……あ、あれは、別に体で払ってるとか、そういうわけじゃ……！」

震える手でなんとかテーブルまで運んだカフェオレを差し出すと、その手を羽生につかまれた。

あっと声をあげる間もなく、指先を濡らしたカフェオレを舐め取られる。昨晩も夏月の内股を執拗に舐り上げた唇で。

「……っ！」

「お前もこんなことでいちいち赤くなってるんじゃねえ。いざとなりゃお前が一番いやらしいくせに」

さっきまで寝ぼけ眼だった羽生の目がギラリと光ると、夏月の背後から覆いかぶさるように椎名が抱きついてきた。

「そうそう、昨日も気持ちいいって言い出したら止まらなくなっちゃってたよね」

椎名のいつもより低い――夜の睦言を思い出させるには十分すぎる甘い囁きが耳を擽る。

夏月はかーっと下肢から湧き上がるような体の熱にぎゅっと目を瞑って、身を竦めた。

「と、……と、とにかく！　あれは僕が、二人のことを好きだからしてることであって……！　好きな人とエッチしたいって思う、純粋な気持ちなんです！」

まだ熟れたように熱くなっている体の奥から夏月が声を張り上げると、羽生も椎名も目を瞬かせ、気圧されるように言葉を飲んでしまった。

そんなに青臭い主張だっただろうか。

「あ、の……だから、家賃の代わりとかそういうのにはならない……って、言いたいだけなんですけど……」

だって、恋人同士がそういうことをするのに金銭的な価値なんてないのが当たり前だ。

それは夏月が子供だからそう思うんじゃなくて、大人だってそのはずだ。

それともそういう当然のことを声高に言うことが恥ずかしかったのだろうか。夏月は別の意味でも顔が熱くなってきて、自然とうつむいてしまった。

と、羽生の微かなため息が聞こえてきた。

「まったく本当に、お前って奴は……」

羽生のつぶやきが漏れたかと思うと椎名も夏月から離れて、朝食の席につく。

夏月がおそるおそる顔を上げると、二人は照れくさそうに笑っていた。

「ナツくんには敵わないなあ」

そう言って自分のカフェオレボウルを取った椎名の頬も赤くなっている。

じわじわと夏月の胸のうちにも、恥ずかしさとは違うくすぐったさが生まれてきて首を竦めながら、自分の席につく。

「ほら、早く食っちまわねえと電車間に合わねえぞ」

照れ隠しのように羽生が乱暴に言うと、夏月はあわてて手を合わせた。

二人もそれに倣う。最初のうちこそぎこちなかったけれど、今はすっかり自然な動作になっている。

「いただきます！」

夏月は、はにかみながら声を上げた。

大好きな、恋人たちとの食卓に。

あとがき

こんにちは、茜花ららと申します。5冊目の著書となりました、ありがとうございます！

今回はデビュー作ぶりの複数もの、そしてルームシェアです。拙著「一つ屋根の下の恋愛協定」では大家さんと店子たちのお話でしたが、今回は純然たる？　ルームシェアというわけで、登場人物を考えるにあたって「みんな何か問題を抱えている人たちにしよう」と決めたら一気に結末まで整いました（珍しくタイトル案も出てきました！　いつも最後まで悩むのですが……）。

訳ありというか、人として何かが欠落しているキャラクターがとても好きなのです。一見して完璧そうに見える人であればあるほど萌えます。笑

本書をあとがきからお読みいただいている方がもしいたら、ネタバレになってしまうので即刻本文にお戻りくださいなのですが、このお話、結局椎名の欠落に関しては埋まってないような気がしてなりません。

椎名の欠落が埋まったら、その時が羽生との決戦の火蓋が切って落とされるのでは……

と考えています。

作中、夏月の働くカフェがたびたび出てきます。そのたびにクロワッサンサンドとボウルに入ったカフェオレが飲みたくて悶々としておりました。どうしてそんなメニューを書いてしまったのか……。きっとお腹が空いていたんでしょうね。

羽生にエッグベネディクトを作らせたのも同様の理由です……。欲望まみれ……。

ちなみに椎名が毎朝食べているクロワッサンサンドの具はたまごフィリング、羽生は一度「同じものを」と頼んだものの、次からはＢＬＴにした――というどうでもいい設定を考えたのですがどうでもよすぎて書く機会がありませんでした。羽生宅でのクロワッサンサンドは三人ともそれぞれ違うものが挟んであります（夏月はツナ）。

さて、「一つ屋根の下の恋愛協定」に続き素敵な挿画を描いてくださいました周防佑未先生、本当に本当にお世話になりました！　甘口と辛口のおじさんを書きたい、というところから始めた椎名と羽生、正反対のキャラクターを描き分けていただいてとっても感動しました！　進一郎さんかっこいい……！

毎度のことながら担当Ｏ様にも大変お世話になりました。こんな至らない私のことを見捨てずにお声かけくださって本当にありがとうございます……。

そして今これをお読みくださっているすべての皆様に、言い尽くせない感謝を！　少しでも楽しんでいただけたら幸いです。そしてあわよくばまた次の本でお会いしましょう！

２０１５年　11月　茜花らら

一つ屋根の下の恋愛協定

ひとつやねのしたのれんあいきょうてい

茜花らら
イラスト：**周防佑未**

本体価格855円+税

祖母から引き継いだ恭が大家をしている食事つきのことり荘には、３人の店子がいた。大人なエリートサラリーマンの乃木に、夜の仕事をしている人嫌いの男・真行寺、そして大学生で天真爛漫な千尋と個性豊かな３人だ。半年かけ、ようやく炊事や掃除など大家としての仕事にも慣れてきた恭は、平穏な日々を送っていた。しかしその裏では恭に隠れてコソコソと３人で話し合いが行われていたようで、ある日突然自分たちの中から誰か一人を恋人に選べと迫られてしまい…。

リンクスロマンス大好評発売中

ネコミミ王子

ねこみみおうじ

茜花らら
イラスト：**三尾じゅん太**

本体価格855円+税

母が亡くなり、天涯孤独となった千鶴。アルバイトをしながら一人孤独に生活する千鶴の元に、ある日、存在すら知らなかった祖父の弁護士がやって来る。なんと、千鶴に数億にのぼる遺産を相続する権利があるらしい。しかし、遺産を相続するには士郎という男と一緒に暮らし彼の面倒を見ることが条件だという。しばらく様子を見るため、一緒に暮らし始めた千鶴だがカッコイイ見た目に反して、ワガママで甘えたな士郎。しかも興奮するとネコミミとしっぽが飛び出る体質で――!?

君が恋人にかわるまで

きみがこいびとにかわるまで

きたざわ尋子
イラスト：カワイチハル
本体価格870円+税

会社員の絢人には、新進気鋭の建築デザイナーとして活躍する六歳下の幼馴染み・亘佑がいた。十年前、十六歳だった亘佑に告白された絢人は、弟としか見られないと告げながらもその後もなにかと隣に住む亘佑の面倒を見る日々をおくっていた。だがある日、絢人に言い寄る上司の存在を知った亘佑から「俺の想いは変わっていない。今度こそ俺のものになってくれ」と再び想いを告げられ…。

リンクスロマンス大好評発売中

掌の檻

てのひらのおり

宮緒 葵
イラスト：座裏屋蘭丸
本体価格870円+税

会社員の数馬は、ある日突然、友人にヤクザからの借金を肩代わりさせられ、激しい取り立てにあうようになった。心身ともに追い込まれた状態で友人を探す中、数馬はかつて互いの体を慰め合っていたこともある美貌の同級生・雪也と再会する。当時儚げで劣情をそそられるような美少年だった雪也は、精悍な男らしさと自信を身に着けたやり手弁護士に成長していた。事情を知った雪也によってヤクザの取り立てから救われた数馬は、彼の家に居候することになる。過保護なほど心も体も甘やかされていく数馬だったが、次第に雪也の束縛はエスカレートしていき――。

追憶の果て 密約の罠

ついおくのはて　みつやくのわな

星野 伶

イラスト：小山田あみ

本体価格870 円+税

元刑事の上杉真琴は、探偵事務所で働きながらある事件を追っていた。三年前、国際刑事課にいた真琴の人生を大きく変えた忌まわしい事件を一。そんな時、イタリアで貿易会社を営む久納が依頼人として事務所を訪れる。依頼内容は「愛人として行動を共にしてくれる相手を探している」というもの。日本に滞在中、パーティや食事会に同伴してくれる相手がほしいと言うが、なぜかその愛人候補に真琴が選ばれ、さらに久納とのホテル暮らしを強要される。軟禁に近い条件と、久納の高圧的で傲慢な態度に一度は辞退した真琴だが、「情報が欲しければ私の元に来い」と三年前の事件をほのめかされ…。

リンクスロマンス大好評発売中

黒曜の災厄は 愛を導く

こくようのさいやくはあいをみちびく

六青みつみ

イラスト：カゼキショウ

本体価格870 円+税

黒髪黒瞳で普通の見た目である高校生の鈴木秋人は、金髪碧眼で美少年な友人の苑宮春夏と学校へ行く途中、突然穴に落ちてしまった春夏を助けようとし一なんと二人一緒に、異世界・アヴァロニス王国にトリップしてしまう。どうやら秋人は、王国の神子として召還された春夏の巻き添えとなった形だが、こちらの世界では、黒髪黒瞳の外見は『災厄の導き手』と忌み嫌われ見つかると殺されてしまう存在だった。そんな事情から、唯一自分の存在を認めてくれた、王国で４人いる王候補の一人であるレンドルフに匿われていた秋人だったが、あるとき何者かに攫われ…。

フィフティ

ふぃふてぃ

水壬楓子

イラスト：**佐々木久美子**

本体価格870円+税

人材派遣会社「エスコート」のオーナーの榎本。恋人で政治家の門真から、具合の思わしくない、榎本の父親に会って欲しいと連絡が入る。かつて、門真とはひと月に一度、五日の日に会う契約をかわしていたが、恋人となった今、忙しさから連絡を滞らせていたくせに、そんな連絡はよこすのかと榎本は苛立ちを募らせる。そんな中、門真の秘書である守田から、門真のために別れろとせまられ…。オールキャストの特別総集編も同時収録!!

リンクスロマンス大好評発売中

娼館のウサギ

しょうかんのうさぎ

妃川 螢

イラスト：**高峰 顕**

本体価格870円+税

借金のかたとして男娼になるべく幼少時に引き取られた卯佐美尚史。しかし母親から受けた虐待が原因で接触恐怖症の症状を持つため、男娼としての仕事が出来ず、現在は支配人として娼館を取り仕切っている。一緒に娼館に引き取られた同じ施設出身の幼なじみ・葉山勇毅にだけは接触が可能だが、自分がやるべき本来の仕事をすべて勇毅に肩代わりしてもらっていることを心苦しく思っている。そんな中、娼館のオーナーが亡くなり、新しいオーナーがやってくることになる。以前よりもより運営に深くかかわるようになった卯佐美は、勇毅の借金は、もはや自分の肩代わり分だけだと知り…。

月下の誓い

げっかのちかい

向梶あうん

イラスト：**日野ガラス**

本体価格870円+税

幼い頃から奴隷として働かされてきたシャオは、ある日主人に暴力を振るわれているところを、偶然通りかかった男に助けられる。赤い瞳と白い髪を持つ男はキヴィルナズと名乗り、シャオを買うと言い出した。その容貌のせいで周りから化け物と恐れられていたキヴィルナズだが、シャオは献身的な看病を受け、生まれて初めて人に優しくされる喜びを覚える。穏やかな暮らしのなか、なぜ自分を助けてくれたのかと問うシャオにキヴィルナズはどこか愛しいものを見るような視線を向けてきて…。

リンクスロマンス大好評発売中

願いごとは口にしない

ねがいごとはくちにしない

谷崎 泉

イラスト：**麻生 海**

本体価格870円+税

十二歳で唯一の肉親であった母を亡くした大森朔実は、施設に入ることを拒み、母と暮らしていた家で一人、生活していた。そこに、母の弟だと名乗る賢一が現れ、一緒に暮らすことになる。二人で寄り添いあう日々は、裕福ではないものの小さな幸せに満ちていた。賢一と暮らすようになってから十六年経ったある日、国立大に進学し順調に准教授までのキャリアを重ねてきた朔実は、研究のためドイツ行きを勧められる。しかし賢一と離れて暮らすことは考えられないと葛藤する中で、朔実は賢一への想いが保護者への思慕ではなく、恋愛対象としてのそれだと気付いてしまい…。

LYNX ROMANCE

小説原稿募集

リンクスロマンスではオリジナル作品の原稿を随時募集いたします。

募集作品

リンクスロマンスの読者を対象にした商業誌未発表のオリジナル作品。
（商業誌未発表のオリジナル作品であれば、同人誌・サイト発表作も受付可）

募集要項

＜応募資格＞

年齢・性別・プロ・アマ問いません。

＜原稿枚数＞

４５文字×１７行（１枚）の縦書き原稿、２００枚以上２４０枚以内。
※印刷形式は自由。ただしＡ４用紙を使用のこと。
※手書き、感熱紙不可。
※原稿には必ずノンブル（通し番号）を入れてください。

＜応募上の注意＞

◆原稿の１枚目には、作品のタイトル、ペンネーム、住所、氏名、年齢、電話番号、メールアドレス、投稿（掲載）歴を添付してください。
◆２枚目には、作品のあらすじ（４００字～８００字程度）を添付してください。
◆未完の作品（続きものなど）、他誌との二重投稿作品は受付不可です。
◆原稿は返却いたしませんので、必要な方はコピー等の控えをお取りください。
◆１作品につき、ひとつの封筒でご応募ください。

＜採用のお知らせ＞

◆採用の場合のみ、原稿到着後６カ月以内に編集部よりご連絡いたします。
◆優れた作品は、リンクスロマンスより発行させていただきます。
　原稿料は、当社既定の印税でのお支払いになります。
◆選考に関するお電話やメールでのお問い合わせはご遠慮ください。

宛先

〒151-0051
東京都渋谷区千駄ヶ谷４−９−７
株式会社　幻冬舎コミックス
「リンクスロマンス　小説原稿募集」係

この本を読んでの
ご意見・ご感想を
お寄せ下さい。

〒151-0051
東京都渋谷区千駄ヶ谷4-9-7
(株)幻冬舎コミックス　リンクス編集部
「茜花らら先生」係／「周防佑未先生」係

リンクス ロマンス

訳ありシェアハウス

2015年11月30日　第1刷発行

著者…………茜花らら
発行人…………石原正康
発行元…………株式会社　幻冬舎コミックス
〒151-0051　東京都渋谷区千駄ヶ谷4-9-7
TEL 03-5411-6431（編集）
発売元…………株式会社　幻冬舎
〒151-0051　東京都渋谷区千駄ヶ谷4-9-7
TEL 03-5411-6222（営業）
振替00120-8-767643
印刷・製本所…株式会社　光邦
検印廃止

ISBN978-4-344-83571-9 C0293
Printed in Japan

幻冬舎コミックスホームページ　http://www.gentosha-comics.net